Diese Persönliche Chronik ist für:

Das Buch vom 21. März

Ein ganz besonderer Tag

... ein ganz besonderer Tag

In Afghanistan wird heute »Nau Ruz«, das traditionelle Neujahrsfest, gefeiert. Zahlreiche Namenspatrone versammeln sich auf diesen Tag. Die Katholiken gedenken des Heiligen Absalons, Erzbischof von Lund im 12. Jahrhundert, und des heiligen Johannes, der im Mittelalter Bischof von Valence war.
Als Tag bedeutender Ereignisse präsentiert sich der 21. März in der Weltgeschichte:

1556 ließ Maria I. von England den Reformator Thomas Cranmer als Ketzer verbrennen.
1793 erklärte sich Mainz zur französischen Stadt. Dies galt aber nur für kurze Zeit.
1804 kam in Frankreich der »Code Civil« heraus, der die Gesetze in ganz Europa verändern sollte.
1871 eröffnete der erste Reichstag des gerade gegründeten deutschen Kaiserreiches.

Unter den Geburtstagskindern des 21. März finden sich viele bekannte Namen: So steht unter dem Geburtsjahr 1763 der deutsche Dichter Jean Paul; für 1839 ist der russische Komponist Modest Mussorgski eingetragen und Werner Höfer, Erfinder und langjähriger Moderator des »Internationalen Frühschoppens«, wurde 1913 geboren.

Im Zeichen des Widders

21. März bis 20. April

Die am 21. März Geborenen kommen am ersten Tag des ersten Tierkreiszeichens Widder zur Welt. Die hervorstechendste Charaktereigenschaft des Widder-Menschen ist die Neugier auf Unentdecktes. Der Widder ist ein Pionier, nichts soll ihm verborgen bleiben. So war der große deutsche Naturforscher Georgius Agricola natürlich ein Widder. Auch Wernher von Braun, Vater der Raumfahrt und der Raketentechnik, ist unter diesem Tierkreiszeichen geboren.

Mut und Gefühlsreichtum sind andere Eigenschaften des Widder-Geborenen. Ein gewisses Draufgängertum ist ihnen eigen, wie es der Widder Terence Hill gerne in seinen Raufrollen überzieht. Dabei muß die Forschheit nicht immer direkt zutage treten. So haben viele Konservative in Großbritannien schon immer vor einer Unterschätzung John Majors gewarnt; der Premierminister sei in Wirklichkeit kein ängstlicher Frosch, sondern in der Not ein Löwe.

Aber auch Künstlerisches ist den Widder-Menschen nicht fremd. Johann Sebastian Bach und Modest Mussorgski stehen für die musische Seite der Widder; Mario Vargas Llosa, einer der bekanntesten Schriftsteller Lateinamerikas, bezeugt die Macht des Widder-Wortes.

PACH

1900–1909

Highlights des Jahrzehnts

1900

- Weltausstellung in Paris
- Niederschlagung des Boxeraufstandes in China
- Uraufführung der Oper »Tosca« von Giacomo Puccini in Rom
- Probefahrt des ersten Zeppelins »LZ 1«

1901

- Die britische Königin Victoria stirbt
- Erste Nobelpreise verliehen
- Thomas Mann veröffentlicht die »Buddenbrooks«
- Mordattentat auf US-Präsident McKinley, Theodore Roosevelt wird Nachfolger

1902

- Beendigung des Burenkrieges in Südafrika
- Krönung Eduards VII. zum König von Großbritannien
- Inbetriebnahme der Transsibirischen Eisenbahn
- Kunstströmung »Jugendstil« auf dem Höhepunkt

1903

- Serbischer König Alexander I. ermordet
- Erste Tour de France
- Erster Motorflug der Brüder Wright
- Kampf der Suffragetten um das Frauenwahlrecht
- Margarethe Steiff präsentiert den »Teddy-Bären«

1904

- Hereroaufstand in Deutsch-Südwestafrika
- Beginn des Russisch-Japanischen Krieges
- Arthur Korn gelingt die erste Bildtelegraphie

1905

- Petersburger »Blutsonntag«
- Tangerbesuch Wilhelms II. führt zur Ersten Marokkokrise
- Albert Einstein entwickelt »Spezielle Relativitätstheorie«
- Künstlergemeinschaft »Die Brücke« wird gegründet

1906

- Revolutionäre Unruhen und erstes Parlament in Rußland
- Roald Amundsen duchfährt die Nordwestpassage
- Dreyfus-Affäre beigelegt
- Erdbeben verwüstet San Francisco

1907

- Pablo Picasso malt »Les Demoiselles d'Avignon« und begründet den Kubismus
- Erste Farbfotografien von Louis Jean Lumière

1908

- Ford baut Modell T (»Tin Lizzy«)
- Österreich-Ungarn annektiert Bosnien und Herzegowina
- Durchbruch der olympischen Idee bei Spielen in London
- 30 000 Jahre alte Statuette (Venus von Willendorf) gefunden

1909

- Robert E. Peary erreicht als erster Mensch den Nordpol
- Louis Blériot überfliegt den Ärmelkanal
- Unruhen in Persien: Schah Mohammed Ali dankt ab

◀ **Das Flatiron Building, New Yorks erster Wolkenkratzer (1902)**

Mittwoch 21. März

Politik

Die Opposition in Italien soll sich selbst das Wasser abgraben. Die Regierung Pelloux bringt einen Gesetzesantrag im Parlament ein, der die »Obstruktion« unmöglich machen soll. Darunter versteht man einen parlamentarischen Kniff, mit dem die geschäftsmäßige Abwicklung eines Themas verhindert wird. Oppositionelle stellen zum Beispiel einen Antrag nach dem andern gegen einen Gesetzentwurf, halten Dauerreden, stören durch Zwischenrufe oder bleiben in genügend großer Zahl den Sitzungen fern, so daß das Parlament nicht mehr beschlußfähig ist. Obstruktion gehört paradoxerweise zu jedem funktionierenden Parlamentarismus. Als der Antrag der Regierung Pelloux zwei Tage später verabschiedet werden soll, passiert das Unvermeidliche: Die Opposition verhindert das durch Obstruktion.

Preise in den Jahren 1900–1909

1 kg Butter	2,46
1 kg Mehl	0,35
1 kg Fleisch	1,55
1 Ei	1,05
1 l Vollmilch	1,00
10 kg Kartoffeln	0,65

in Mark, Stand 1905

Wetter

Viel kühler als zu erwarten ist es im März 1900. Während der langjährige Mittelwert für den Monat bei 3,9 °C liegt, erreicht das Thermometer diesmal nur 1,7 °C.

Donnerstag 21. März

Gesellschaft

Wegen Verleumdung verklagt der britische Kolonialminister Chamberlain einige britische Zeitungen. Sie haben ihm eigennützige Interessen beim Burenkrieg in Südafrika unterstellt. Die britische Kolonialmacht führt einen sehr brutalen Kampf gegen die ihre Unabhängigkeit verteidigenden Buren, Nachfahren niederländischer Siedler. In den Burenrepubliken gibt es reiche Diamantenvorkommen. Chamberlains Familie soll wirtschaftlich in diesen Territorien engagiert sein. Die sehr geringe Geldstrafe, die die Zeitungen zahlen müssen, räumen die Zweifel an Chamberlain nicht gerade aus.

Politik

Der Streit um das Wahlrecht in Württemberg löst eine Regierungskrise aus. Ministerpräsident Max Freiherr Schott von Schottenstein wird vom König beurlaubt und muß im April zurücktreten. Er will das gleiche und allgemeine Wahlrecht einführen, scheitert aber am Widerstand der Zentrumspartei. Bis 1906 können nur die Reichen wählen.

Wetter

Der Frühling kündigt sich endlich an. Nach strengen Minustemperaturen steigt das Thermometer im März auf Werte um 3,5 °C.

1902

Freitag 21. März

Gesellschaft

Deutsche Frauenrechtlerinnen werden von Reichskanzler Bülow empfangen. Sie fordern die Aufhebung zahlreicher Beschränkungen. So sollen Frauen politischen Vereinen beitreten und auch eigene Vereine gründen dürfen. Der Weg zur Hochschule soll frei gemacht werden. Die Polizei soll nicht mehr jede Frau unter dem bloßen Verdacht der Prostitution verhaften können. Vom Wahlrecht ist nicht die Rede, da die Frauenrechtlerinnen wissen, daß es zu diesem Zeitpunkt unerreichbar ist. Erst 1919, in der gerade gegründeten Weimarer Republik, dürfen Frauen an die Wahlurnen.

Politik

Bei einem Aufstand von Arbeitern im südrussischen Batum wird ein gewisser Josef W. Dschugaschwili verhaftet. Der überzeugte Sozialist ist gut 20 Jahre später unter dem Namen Stalin Herrscher der UdSSR, des ersten kommunistischen Staates.

Wetter

Buchstäblich ins Wasser fällt der März in diesem Jahr bei 75 mm Niederschlag.

Rekorde 1900–1909

400 m: Maxey Long (USA) – 47,8 sec (1900)
Weitsprung: Peter O' Connor (IRL) – 7,61 m (1901)
Stabhochsprung: Walter Dray (USA) – 3,90 m (1908)
Kugelstoßen: R. Rose (USA) – 15,56 m (1909)

Samstag 21. März

Kultur

In der Geburtsstadt des Walzer, in Wien, gastiert heute im Carl-Theater die amerikanische Tänzerin Isadora Duncan. Sie bricht mit allen klassischen Traditionen und ist eine der Vorreiterinnen des Ausdruckstanzes. Ihre Bewegungen sollen Stimmungen widerspiegeln. Die Auftritte der 23jährigen haben in Paris für Begeisterung gesorgt. Im deutschen Raum freundet sich zunächst nur die Avantgarde mit ihr an.

Politik

Streit herrscht in Frankreichs Parlament über die Regierungspolitik gegenüber der Kirche. Ministerpräsident Combes zieht die anvisierte Trennung von Staat und Kirche aber durch. Die katholische Kirche nimmt im öffentlichen Leben Frankreichs noch immer eine sehr starke Stellung ein. Kirchen fallen nun unter das Vereinsrecht; im April werden sogar die 1084 gegründeten Kartäuser aus ihrem Stammkloster ausgewiesen.

Wetter

Besonders schön ist der März in diesem Jahr. Die Temperaturen steigen auf 7,1 °C und liegen damit mehr als drei Grad über dem langjährigen Mittelwert für diesen Monat.

Montag 21. März

Gesellschaft

Der »Wandervogel« steht vor dem Auseinanderbrechen: Der Gründer Karl Fischer tritt heute aus der Jugendorganisation aus. Im Juni ruft er den »Alten Wandervogel« ins Leben, um weiter sein Ideal des vagabundierenden, ungebundenen Naturzugangs zu pflegen. Schüler und Studenten gehen alljährlich mit den örtlichen Wandervogelgruppen auf »Fahrt«, erkunden die Natur zu Fuß, nächtigen im Freien und geben sich der Lagerfeuerromantik hin. Der Wandervogel ist damit eine romantische Bewegung der Jugend gegen die Umbrüche, die die Industriegesellschaft mit sich bringt.

»Linie ohne Bauch«: Das Korsett, ein modisches Muß für die elegante Frau

Politik

Das Gold und die Diamanten in Südafrika will Großbritannien billig fördern. Ab heute können chinesische Arbeiter zu Billigtarifen in den Bergwerken eingesetzt werden.

Wetter

Mit 4,1 °C recht mild ist es im März 1904. Es fallen 17 mm Regen (langjähriger Mittelwert 31 mm).

Dienstag 21. März

Politik

Harte Strafen gegen Offiziere, die Soldaten mißhandeln, fordern die deutschen Parlamentarier. Die konkreten Zahlen unterliegen der Geheimhaltung, doch gibt selbst Kriegsminister von Einem Probleme zu. Er setzt allerdings auf eine Art architektonischer Lösung: Die meisten Vergehen werden von Unteroffizieren begangen, die in den Mannschaftskasernen hausen; in Zukunft sollen sie eigene Quartiere bekommen, und so soll die Mißhandlungsrate gesenkt werden.

Gute Figur in Sakkoanzug und Wettermantel: Die Mode für den Herrn

Kultur

Die Crème der Berliner Gesellschaft trifft sich heute im Königlichen Schauspielhaus. Zu dessen Wiedereröffnung nach der Komplettrenovierung gibt es »Prinz Friedrich von Homburg« von Heinrich von Kleist. Auch Kaiser Wilhelm II. gibt sich die Ehre.

Wetter

Feuchter und wärmer als gewöhnlich präsentiert sich der März 1905. Es fallen 41 mm Niederschlag, und die Temperaturen halten sich bei 5,3 °C auf.

Mittwoch 21. März

Politik

Die Anarchisten in der Schweiz bekommen einen Maulkorb. Nach dem heutigen Gesetzentwurf dürfen sie nicht mehr zu Verbrechen auffordern. Hintergrund ist die eklatant hohe Zahl ausländischer Anarchisten in der Schweiz, die hier Sicherheit vor Verfolgung in ihren Heimatländern gefunden haben. Entsprechend gibt es eine reichhaltige anarchistische Presse, in der freizügig von Attentaten auf alle gekrönten Häupter Europas geschwärmt wird oder auch nur zur Desertion aufgerufen wird.

Gesellschaft

Die Feuerbestattung in Preußen bleibt verboten. Bis etwa zur Mitte des 19. Jahrhunderts war die Feuerbestattung in Europa kein Thema. Sie galt als heidnisch. Mit der Industrialisierung und Verwissenschaftlichung der Gesellschaft erkannte man dann die Vorzüge: Hygiene und Platzersparnis. In Gotha eröffnete 1878 das erste deutsche Krematorium. In den meisten anderen deutschen Teilstaaten darf die Feuerbestattung durchgeführt werden.

Wetter

Regen macht den März 1906 unwirtlich. Es fallen 68 mm Niederschlag statt der für diesen Monat üblichen 31 mm.

1907

Donnerstag 21. März

Politik

Den Kanaltunnel, die Verbindung zwischen Frankreich und England unter dem Ärmelkanal her, lehnt die britische Regierung ab. Die Briten befürchten, daß durch den Tunnel irgendwann einmal eine militärische Invasion stattfinden könnte. Tatsächlich hat Napoleon Bonaparte um 1800 mit einer solchen Idee gespielt. Die psychologische Sperre kann Großbritannien erst 1986 überwinden.

Politik

Deutschlands Botschafter in London, Graf von Wolff-Metternich, warnt die Berliner Regierung in einem Schreiben vor weiterer Flottenrüstung. Die Aufstockung der deutschen Marine treibe Großbritannien zielsicher in das »gegnerische Lager«, an die Seite Frankreichs und Rußlands. Genau diese Staaten sind im Ersten Weltkrieg die deutschen Kriegsgegner.

Ein beachtliches Echo löst der Adelige Joachim Freiherr von Brandenstein mit einer Bemerkung gegen die Überfüllung der 1. Eisenbahnklasse mit höheren Eisenbahnbeamten, Reichstagsabgeordneten und ähnlichen »Proleten« aus. Sie besäßen das Recht der Freifahrt 1. Klasse nur auf Kosten der Steuerzahler.

Wetter

Einem harten Winter folgt im März 1907 ein mildes Frühlingserwachen mit Werten um 4 °C.

Samstag 21. März

Technik

Der erste Flugpassagier der Welt heißt Léon Delagrange. Er ist ein Kollege des französischen Flugpioniers Henri Farman. Farman nimmt ihn auf einen Flug mit seiner Doppeldeckerkonstruktion »Voisin« mit. Der Gemeinschaftsflug findet auf dem Flugfeld Issy bei Paris statt. Farman hat erst im Januar als erster Europäer einen Kreis geflogen und damit bewiesen, daß die Europäer den Amerikanern kaum noch hinterherhinken. Allerdings haben die US-Brüder Wright solches schon 1904 vollbracht.

Gesellschaft

Frankreichs Rechtsextremisten protestieren in einem Aufruf gegen die Überführung der Leiche Émile Zolas ins Pantheon, die nationale Gedenkstätte der Franzosen. Der 1902 verstorbene Schriftsteller hat 1898 in der Dreyfus-Affäre den Antisemitismus beim französischen Militär angeprangert. Seine Schrift »Ich klage an!« ist in die Geschichte eingegangen.

Wetter

Mittelmäßig ist der März in diesem Jahr. Die Temperaturen liegen voll im langjährigen Durchschnitt von 3,9 °C, und es fällt etwas mehr Niederschlag (39 mm), als zu erwarten wäre.

Sonntag 21. März

Sport

Das erste Sechstagerennen in Berlin geht zu Ende. Es war gleichzeitig das erste Radsportereignis dieser Art in Europa überhaupt. 15 Mannschaften gingen an den Start, das favorisierte US-Duo Moran/Mac Farland setzte sich durch. Von nun an richtet sich das Interesse der Bahnradler alljährlich auf Berlin, und auch in Paris, London und Amsterdam entstehen Sechstagerennen. Das traditionsreichste Sechstagerennen der Welt findet im Madison Square Garden in New York statt.

Gesellschaft

Umsonst protestieren die Berliner Brauer gegen die geplante Biersteuer, die im Juli durchkommt. Die Brauer und die Wirte sind die Leidtragenden der neuen Abgabe, denn die Deutschen reduzieren den Gerstensaftkonsum etwas.

Stars der Jahre 1900–1909

Isadora Duncan
Tänzerin
Gustav Mahler
Komponist/Dirigent
Anna Pawlowa
Tänzerin
Sarah Bernhardt
Schauspielerin
Orville/Wilbur Wright
Flieger

Wetter

Die Durchschnittstemperatur im März 1909 liegt mit 2,2 °C deutlich unter dem langjährigen Mittel (3,9 °C), dafür übersteigen die Niederschläge mit 54 mm das gewöhnliche Maß (31 mm).

1910–1919

Highlights des Jahrzehnts

1910

- Georg V. wird nach dem Tod Eduards VII. britischer König
- Der Halleysche Komet passiert die Erde
- Bürgerliche Revolution beendet Monarchie in Portugal
- Wassily Kandinsky begründet die abstrakte Malerei
- Sieg des Schwarzen Jack Johnson bei Box-WM

1911

- Bürgerkrieg in Mexiko
- »Panthersprung nach Agadir« löst Zweite Marokkokrise aus
- Militärputsch leitet chinesische Revolution ein
- Roald Amundsen gewinnt den Wettlauf zum Südpol

1912

- Erster Balkankrieg
- Woodrow Wilson wird 28. US-Präsident
- Untergang der »Titanic«
- Büste der ägyptischen Königin Nofretete gefunden

1913

- Zweiter Balkankrieg
- Niels Bohr entwirft neues Atommodell
- Größter Bahnhof der Welt (Grand Central Station) in New York eingeweiht

1914

- Österreichs Thronfolger in Sarajevo ermordet
- Ausbruch des Ersten Weltkrieges
- Eröffnung des Panamakanals

1915

- Stellungskrieg im Westen
- Beginn der Ostoffensive
- Charlie Chaplin wird mit »Der Tramp« Star des US-Kinos
- Versenkung der »Lusitania« durch ein deutsches U-Boot

1916

- Schlacht um Verdun
- Osteraufstand in Irland niedergeschlagen
- Seeschlacht vor dem Skagerrak
- Der österreichische Kaiser Franz Joseph I. stirbt
- Rasputin ermordet

1917

- Beginn des uneingeschränkten U-Boot-Krieges
- Zar Nikolaus II. dankt ab
- Oktoberrevolution in Rußland

1918

- US-Präsident Wilson verkündet 14-Punkte-Programm zur Beendigung des Krieges
- Russische Zarenfamilie ermordet
- Waffenstillstand von Compiègne beendet Ersten Weltkrieg
- Novemberrevolution: Kaiser Wilhelm II. dankt ab, Philipp Scheidemann ruft die deutsche Republik aus

1919

- Spartakusaufstand niedergeschlagen
- Rosa Luxemburg und Karl Liebknecht ermordet
- Friedrich Ebert erster Reichspräsident
- Versailler Vertrag

◀ **Im Kampf gegen widrige Verhältnisse: Charlie Chaplin als »Tramp« (1915)**

Montag 21. März

Politik

Die griechischen Nationalisten auf Kreta gewinnen die Parlamentswahlen. Ihr Führer Eleftherios Weniselos fordert vehement den Anschluß der Mittelmeerinsel an das Königreich Griechenland. Seit dem 17. Jahrhundert steht Kreta unter osmanischer Herrschaft. Eine erste Anschlußerklärung 1908 blieb ohne Wirkung. Erst 1913, als die Balkanstaaten Krieg gegen die Osmanen führen, übernimmt Griechenland offiziell die Kontrolle über Kreta.

Im ungarischen Parlament kochen die Gefühle hoch. Abgeordnete, die für eine Loslösung von Österreich sind, bewerfen Ministerpräsident Karl Graf Khuen-Hédervary von Hédervár mit Büchern und Tintenfässern.

Politik

Seinen Antrittsbesuch beim Verbündeten Italien absolviert Reichskanzler Bethmann Hollweg, der 1909 Bülow ablöste. Italien ist seit 1882 Verbündeter von Deutschland und Österreich-Ungarn, schlägt sich im Ersten Weltkrieg aber auf die Seite ihrer Gegner.

Wetter

Mild und etwas zu trocken ist der Frühlingsauftakt 1910. Die Temperaturen von durchschnittlich 4,9 °C liegen ein Grad über dem langjährigen Mittelwert. Es fällt wenig Regen (20 mm).

Dienstag 21. März

Politik

Jubiläum im deutschen Reichstag: Das Parlament begeht seinen 40. Geburtstag mit seiner 3425. Sitzung. Seit der Reichsgründung 1870/71 hat der Reichstag einen erheblichen Machtgewinn erzielt. Die wichtigen Entscheidungen liegen zwar noch immer generell beim Kaiser, bzw. seinem Kanzler, die weitgehend ohne das Parlament entscheiden können. Doch achten die Kanzler seit Bernhard von Bülow, der 1900 das Amt antrat, mehr auf die Zustimmung des Reichstags. Parteien, Gewerkschaften, Lobbyisten und Verbände im Deutschen Reich sind Ausdruck des Massenzeitalters; die Monarchie ist bereits passé, auch wenn sie erst 1918 untergeht.

Politik

Frankreich bewilligt der Armee mehr Geld für Militäroperationen in Marokko. Um das nordafrikanische Land streiten im Sommer Deutschland und Frankreich am Rand eines Krieges. Frankreich setzt sich durch und errichtet zusammen mit Spanien eine Kolonialherrschaft, die bis 1956 dauert.

Wetter

Freundlich präsentiert sich der März 1911. Das Quecksilber steigt auf durchschnittliche 5 °C. Das ist für den Monat etwas zu warm.

Donnerstag 21. März

Politik

Der Gewalt gehorchend, akzeptiert Persien den Petersburger Vertrag von 1907 zwischen Rußland und Großbritannien. Darin bestimmten die beiden imperialistischen Mächte, daß Persiens Norden russische, der Süden hingegen britische Einflußsphäre ist. Ein Streifen in der Mitte steht beiden Staaten offen. Persien erhält für die Anerkennung 100 000 Pfund Sterling von beiden Staaten, und der Teheraner Führung wird die Unabhängigkeit zugestanden. Diese existiert aber nur auf dem Papier: Sowohl Briten als auch Russen haben Militär in Persien stationiert.

Politik

Das neue Reichstagspräsidium wird von Kaiser Wilhelm II. empfangen. Aus den Wahlen im Januar gingen erstmals die Sozialdemokraten als stärkste Reichstagsfraktion hervor. Die SPD gilt noch immer als umstürzlerische Partei; deshalb verhinderten die anderen Parlamentarier, daß ein SPD-Abgeordneter ins Präsidium kam.

Wetter

Zu warm und zu trocken wie schon in den Vorjahren zeigt sich der März auch 1912. Auf 7,0 °C Durchschnittstemperatur steigt das Thermometer.

Freitag 21. März

Gesellschaft

Physik, Chemie und Englisch sind für Schüler einer Industrienation wichtiger als Latein, Altgriechisch und Religion. Die naturwissenschaftlich ausgerichteten Oberrealschulen im Deutschen Reich zu verbreiten, setzt sich daher ein heute in Köln gegründeter Verein zum Ziel. Die Oberrealschule ist zwar seit 1900 gesetzlich dem humanistischen Gymnasium gleichgestellt, doch genießt sie in der Öffentlichkeit noch lange nicht den Ruf der traditionellen »Schleifanstalten«.

Stars der Jahre 1910–1919

David Wark Griffith
Filmregisseur
Mary Pickford
Filmschauspielerin
Enrico Caruso
Sänger
Douglas Fairbanks
Filmschauspieler
Charlie Chaplin
Filmschauspieler

Sport

Gegen den Quasi-Weltmeister zu unterliegen ist keine Schande: Die deutschen Kicker müssen sich heute der englischen Fußballmannschaft in Berlin mit 3:0 geschlagen geben. Die Engländer haben 1912 beim olympischen Fußballturnier souverän gewonnen.

Wetter

Mit Macht will es Frühling werden. Die Temperaturen steigen im März 1913 auf Werte um 7,2 °C und lassen das langjährige Mittel weit hinter sich.

Samstag 21. März

Politik

Eine historische Wende vollzieht sich in Italien mit der Berufung von Antonio Salandra zum Ministerpräsidenten. Der Rechtskonservative löst den Liberalen Giolitti ab. Das Ausmaß des Wandels zeigt sich nach Ausbruch des Ersten Weltkriegs im Sommer. Italien bleibt trotz eines Militärbündnisses mit Deutschland und Österreich-Ungarn zunächst neutral – ganz im Sinne Giolittis. Salandra aber verhandelt insgeheim mit Frankreich und Großbritannien und führt Italien 1915 an ihrer Seite in den Krieg.

Die Herrenkleidung wird sportlicher. Dazu gehört der weiche Hut

Politik

Zur Modernisierung seiner Armee lädt Uruguay eine französische Militärmission ein. In dem südamerikanischen Land herrscht seit 1903 Präsident Ordónez, der das Land durch Straßen- und Eisenbahnbau, sowie Sozialgesetze voranbringt.

Wetter

Viel Regen bei milden Temperaturen um 5,8 °C fällt im März 1914. Während es durchschnittlich 31 mm Niederschläge gibt, sind es diesmal 76 mm.

Sonntag 21. März

Technik

Der Luftkrieg beginnt mit einem Angriff zweier deutscher Zeppeline auf das nächtliche Paris. Bahnhöfe und Werksanlagen werden bombardiert. In Windeseile organisieren die Franzosen Luftabwehrmaßnahmen: Durch Trompetensignale wird Verdunkelung verordnet, Scheinwerfer leuchten den Himmel ab und Maschinengewehre nehmen die Luftschiffe unter Beschuß. Der Erste Weltkrieg ist der erste militärische Konflikt, in dem Luftfahrzeuge eine Rolle spielen.

Das praktische Sportkleid für die Jagd und für Bergtouren

Politik

Schärfere Gesetze gegen Unruhen und politische Demonstrationen treten in der britischen Kronkolonie Indien in Kraft. Großbritannien will vermeiden, daß die Unabhängigkeitsbewegungen in der wichtigsten Kolonie den Krieg in Europa ausnutzen.

Wetter

Zum ersten Mal seit Jahren liegen die Märztemperaturen 1915 mit 1,7 °C wieder deutlich unter dem langjährigen Durchschnitt (3,9 °C).

Dienstag 21. März

Politik

Erfolge bei Verdun meldet der deutsche Heeresbericht. Die Festung Avocourt ist gefallen, und 2500 französische Soldaten gehen in Gefangenschaft. Die deutsche Offensive gegen Verdun hat am 21. Februar begonnen. Obwohl es nicht die verlustreichste Schlacht des Ersten Weltkriegs ist, steht der Name Verdun als Symbol für die Materialschlacht, den Grabenkrieg und Hunderttausende von Opfern für wenige Kilometer Geländegewinn. Allein bis zum 1. März sind 25 000 deutsche Angreifer gefallen. Als die Schlacht am 12. Juli ohne »Ergebnis« abgebrochen wird, haben die Deutschen 282 000 Mann, die Franzosen 317 000 verloren. Deutschlands Heeresleitung wollte an dieser Stelle mit aller Gewalt den Durchbruch durch die festgefügte Front schaffen, scheitert aber ebenso wie die Briten in der Sommeschlacht im Sommer 1916.

Rekorde 1910–1919

Schwimmen: H. Hebner (USA) – 1:20,8 min/100 m Rücken (1912)
100 m: Nina Popowa (RUS) – 13,1 sec (1913)
Hochsprung: C. Larson (USA) – 2,03 m (1917)
Speerwerfen: Jonni Myyrä (FIN) – 66,10 m (1919)

Wetter

Recht mild und sehr trocken verläuft der März des dritten Weltkriegsjahres. Das Thermometer zeigt Werte um 4,5 °C an. Es werden nur 12 mm Regen gemessen (langjähriger Mittelwert 31 mm).

Mittwoch 21. März

Politik

Rußlands Zar ist in Haft: Fürst Lwow läßt die gesamte Familie von Nikolaus II. nach Zarskoje Selo bringen. Am 15. März hat Nikolaus II. abgedankt und damit vor der russischen Februarrevolution kapituliert. Die bürgerlichen Mächte, die nun an der Macht sind, werden ihrerseits in der Oktoberrevolution von Lenin gestürzt. Die Kommunisten lassen die Zarenfamilie im Sommer 1918 in den Wäldern bei Jekaterinburg ermorden.

Gesellschaft

Schwerverletzt gerät Prinz Friedrich Karl von Preußen, ein Verwandter von Kaiser Wilhelm II., in britische Kriegsgefangenschaft. Er wurde mit seinem Flugzeug über der Westfront abgeschossen. Mit Erlaubnis der Briten darf er an den Kaiser schreiben und über seinen Gesundheitszustand berichten. Trotz Operation stirbt er jedoch völlig überraschend am 7. April.

Wetter

Nach einem harten Winter erwärmt sich die Luft im März 1917 nur ganz allmählich. Das Thermometer steigt im Monatsdurchschnitt gerade eben über den Gefrierpunkt. Wie in den ersten beiden Monaten fällt auch im März noch häufig Schnee.

Donnerstag 21. März

Politik

Die letzte deutsche Offensive des Ersten Weltkriegs beginnt. An der Westfront erzielen die deutschen Truppen einen Durchbruch. Vor wenigen Tagen haben die Deutschen mit den neuen kommunistischen Machthabern in Rußland Frieden geschlossen und setzen nun im Westen alles auf den großen Sieg. Längst aber überschätzen die Generäle die Kampfkraft ihrer Armeen, die in dreieinhalb Jahren in den Schützengräben ausgeblutet sind. Der Erste Weltkrieg ist schon verloren. Doch selbst als diese Offensive im April zusammenbricht, zögern die deutschen Militärs die Kapitulation noch bis November hinaus.

Kultur

Kunstwerke bedeuten Sicherheit in Krisenzeiten für finanzkräftige Anleger. Daher floriert der Gemäldehandel in allen kriegführenden Ländern. Heute kommt in Berlin im Auktionshaus Paul Cassirer die weltberühmte Sammlung Wilhelm Gumprecht unter den Hammer.

Wetter

Wesentlich wärmer als im letzten Jahr gestaltet sich der Frühlingsanfang 1918. Das Thermometer klettert schon auf Temperaturen über 4,4 °C.

Freitag 21. März

Politik

Elsaß-Lothringen ist wieder französisch: Staatspräsident Poincaré beruft Alexandre Millerand zum Generalkommissar, der die Rückgliederung vollziehen soll. 1871 mußte Frankreich das Gebiet nach der Niederlage im Deutsch-Französischen Krieg an das Deutsche Reich abtreten. Seitdem hielt die Forderung nach Rückgabe Elsaß-Lothringens die deutsch-französischen Beziehungen unter Spannung und verhinderte eine Aussöhnung.

Kultur

Das Bauhaus in Weimar wird vom Architekten Walter Gropius eröffnet. Es ist die modernste Kunst-, Design- und Architekturschule der jungen Weimarer Republik. Der Bauhausstil entwickelt sich zu einer eigenen, international bedeutsamen Richtung. Ihn zeichnet schlichte Funktionalität aus.

Preise in den Jahren 1910–1919

1 kg Butter	2,74
1 kg Mehl	1,90
1 kg Fleisch	3,00
1 Ei	0,13
1 l Vollmilch	0,25
10 kg Kartoffeln	3,30
Stundenlohn	0,66

in Mark, Stand 1913

Wetter

Normal präsentiert sich der März 1919. Das Thermometer steigt auf Werte um 3,2 °C. Wie die Temperaturen weicht auch die Niederschlagsmenge (40 mm) kaum vom Standard ab.

1920–1929

Highlights des Jahrzehnts

1920

- Prohibition: Alkoholverbot in den USA
- NSDAP verabschiedet ihr Programm
- Kapp-Putsch scheitert
- Erstmals Salzburger Festspiele

1921

- Alliierte besetzen das Rheinland
- Hitler wird NSDAP-Vorsitzender
- Hormon Insulin entdeckt
- Rudolph Valentino wird Frauenidol
- Vertrag von Sèvres bedeutet Ende des Osmanischen Reichs

1922

- Hungersnot in Rußland
- »Deutschlandlied« wird zur Nationalhymne erklärt
- Mussolinis Marsch auf Rom
- Gründung der UdSSR
- Grab des Tutanchamun entdeckt
- Deutsch-russische Annäherung durch Vertrag von Rapallo
- Gründung der BBC
- Johnny Weissmuller stellt über 100 m Kraul den ersten seiner 67 Weltrekorde auf (58,6 sec)

1923

- Franzosen besetzen Ruhrgebiet
- Hitlers Putschversuch scheitert
- Währungsreform beendet Inflation im Deutschen Reich
- Die Türkei wird Republik

1924

- Erstmals Olympische Winterspiele
- Revolutionsführer Lenin stirbt
- Dawes-Plan lockert finanzielle Zwänge für Deutschland
- VIII.Olympische Spiele: Läufer Paavo Nurmi gewinnt 5 Goldmedaillen

1925

- Einparteiendiktatur in Italien
- Neugründung der NSDAP
- Hindenburg wird nach dem Tod Eberts Reichspräsident
- Europäische Entspannung durch Locarno-Pakt
- Joséphine Baker wird im Bananenröckchen zum Weltstar

1926

- Japans Kaiser Hirohito besteigt den Thron
- Militärputsch Pilsudskis in Polen
- Walt Disneys Mickey Mouse erblickt das Licht der Welt
- Deutschland im Völkerbund

1927

- Stalin entmachtet politische Gegner
- Charles Lindbergh überfliegt den Atlantik
- Uraufführung des Films »Metropolis« von Fritz Lang

1928

- Briand-Kellogg-Pakt zur Kriegsächtung unterzeichnet
- Alexander Fleming entdeckt das Penicillin
- »Dreigroschenoper« von Brecht und Weill uraufgeführt
- Erste Transatlantik-Fluglinie

1929

- Youngplan regelt Reparationen
- »Schwarzer Freitag« in New York löst Weltwirtschaftskrise aus
- Erste Oscar-Verleihung in Hollywood
- Antikriegs-Roman »Im Westen nichts Neues« von Erich Maria Remarque

◀ **Der Charleston erobert in den 20er Jahren weltweit die Tanzsäle**

Sonntag 21. März

Politik

Geschickt sichert sich Miklós Horthy die Macht in Ungarn. Seit der Auflösung des Reichsverbandes Österreich-Ungarn 1918 ist die Frage offen, welche Staatsform Ungarn haben soll. Horthy setzt heute durch, daß Ungarn weiter Monarchie ist – nur »zur Zeit« ohne König. Der rechtsextreme Horthy gilt als »Reichsverweser«, eine Art Statthalter für einen in Zukunft zu wählenden König. Das passiert aber nicht, denn dann müßte Horthy alle königsgleichen Rechte aufgeben, die er auf seine Person vereinigt hat. Bis 1944 herrscht er als »ungekrönter« Diktator.

Politik

Fest in kommunistischer Hand ist das deutsche Ruhrgebiet. Aus Aufständen gegen brutale Militärs entwickelte sich eine Art kommunistischer Regierung der Arbeiter. Selbst eine Rote Armee haben die Aufständler aufgestellt. Das Militär hat den gesamten Revierraum heute verlassen. Ab dem 2. April kehren die Soldaten aber zurück und beenden die Revolution blutig.

Wetter

Mit Sonnenschein und milden Temperaturen um 7,0 °C erfreut der März 1920 die Menschen.

Montag 21. März

Politik

Dank an seine Landsleute übersendet Reichspräsident Ebert nach Oberschlesien. Dort haben gestern 60 % der Bevölkerung für eine Angliederung an das Deutsche Reich gestimmt. Seit Jahrhunderten streiten Deutsche und Polen um dieses Gebiet. Mit Ende des Ersten Weltkriegs wurde Oberschlesien unter internationale Kontrolle gestellt. Nach der Volksabstimmung wird Oberschlesien geteilt, weil im Westen überwiegend Deutsche, im Osten fast ausschließlich Polen leben.

Gesellschaft

Krupp zahlt für tausend Arbeiterkinder den Urlaub und auch Kuraufenthalte. Das ist das Geschenk der Firma an die Belegschaft für ein gutes Bilanzjahr 1920. Der Rüstungsriese hat sich in rasender Geschwindigkeit nach dem Ersten Weltkrieg auf die zivile Produktion umgestellt und fertigte schon 1919 Lokomotiven.

Rekorde in den 20er Jahren

Schwimmen: J. Weissmuller (USA) – 58,6 sec/100 m Freistil (1922)
10 000 m: P. Nurmi (FIN) – 30:06,1 min (1924)
1500 m: O. Peltzer (GER) – 3:51,0 min (1926)
Kugelstoßen: Emil Hirschfeld (GER) – 16,04 m (1928)

Wetter

Milde Witterung, die seit Jahresbeginn vorherrscht, bestimmt auch den März 1921. Es ist durchweg trocken.

1922

Dienstag 21. März

Politik

Die wichtigsten Gegenspieler Mussolinis in Italien sind die Kommunisten. Auf ihrem Parteitag fordern sie König Viktor Emanuel auf, dem Faschistenführer keine Zugeständnisse zu machen. Umsonst: Mussolini findet großen Anklang in der Bevölkerung, und seine Partei ist zu einer breiten Massenbewegung geworden. Im Oktober bringt ihn der »Marsch auf Rom« mit 40 000 seiner »Schwarzhemden« an die Macht. Die Aufrufe zum Generalstreik finden kaum Gehör.

Stars der 20er Jahre

Buster Keaton
Filmschauspieler
Johnny Weissmuller
Schwimmer
Rudolph Valentino
Filmschauspieler
Joséphine Baker
Tänzerin
Charles Lindbergh
Flieger

Kultur

Das Folkwang-Museum wird von der Stadt Essen gekauft. Für 15 Mio. Mark aus Spenden vermögender Essener Bürger erwirbt die Ruhrgebietsmetropole die bedeutende Sammlung des 1921 verstorbenen Kunsthistorikers Osthaus.

Wetter

Nach einem ungewöhnlich kalten Winter steigen die Temperaturen im März 1922 auf Werte um 4,0 °C. Es dominiert sonniges Wetter.

Mittwoch 21. März

Politik

Sachsen rückt nach links: Der SPD-Mann Erich Zeigner wird heute zum Ministerpräsidenten gewählt. Er strebt eine Aussöhnung zwischen SPD und KPD an. Im Oktober nimmt er Mitglieder der Kommunisten in sein Kabinett auf. Daraufhin sieht die Reichsregierung in Berlin Sachsen vor einem kommunistischen Umsturz. Reichspräsident Ebert, ein Parteigenosse von Zeigner, gestattet den Einmarsch der Reichswehr in Sachsen und den Sturz der SPD-KPD-Regierung. Deutschlands Linke ist entsetzt, denn die Reichswehr wird nicht gegen München in Marsch gesetzt, wo eine rechte Regierung vom »Marsch auf Berlin« träumt.

Kultur

Die Faschistische Filmgesellschaft in Rom gibt ein Förderprogramm für den italienischen Film heraus. Italiens früher eindrucksvolle Filmindustrie ist praktisch tot. 1922 entstanden gerade noch zehn Filme. 1939 sind es zwar wieder 87, aber nur Seifenopern und Propagandawerke.

Wetter

Trocken und mild ist der März 1923. Die Temperaturen steigen auf Werte um 5,6 °C. Wie in den Vorjahren fällt nur wenig Niederschlag.

Freitag 21. März

Politik

Im Hitlerprozeß in München beginnen die Schlußplädoyers. Der Nazichef steht wegen seines Putschversuches in Bayern vom Vorjahr vor Gericht. Er erhält statt der geforderten acht nur fünf Jahre Haft. Aber selbst die werden ihm im Dezember erlassen. Während der kurzen Haft in Landsberg arbeitet Hitler an seinem 1925 erscheinenden Buch »Mein Kampf«.

Tiefe Taille und schmale Silhouette: Mode im Zeichen des Art déco

Gesellschaft

Völlig unzufrieden zeigt sich der Deutsche Beamtenbund über die vom Staat angebotene 13%ige Lohnerhöhung. Was nach viel klingt, ist tatsächlich wenig. Die Beamten hat die Geldentwertung vom Vorjahr besonders getroffen. Umgerechnet erhalten sie nur noch ein Drittel der Bezüge aus der Zeit vor dem Ersten Weltkrieg. Im Mai wird ihr Gehalt mehr als verdoppelt.

Wetter

Mit durchschnittlich 2,3 °C ist es im März 1924 trotz vieler sonniger Tage relativ kalt. Der langjährige Mittelwert liegt bei 3,9 °C.

Samstag 21. März

Politik

Neue Unruhen in Katalonien löst die Aufhebung des Autonomie-Statuts durch die Zentralregierung in Madrid aus. Katalanen und Basken kämpfen seit Jahrhunderten für ihre Freiheit in Spanien. Erst in den 70er Jahren erhalten beide Gebiete wieder mehr Unabhängigkeit.

Politik

Eine Zeitenwende im Kommunismus bedeutet die Rede des sowjetischen Diktators Stalin vor der Komintern, dem internationalen Forum der kommunistischen Parteien. Stalin spricht von einem relativ stabilen Kapitalismus in der Welt und vertagt die Weltrevolution sozusagen auf später. Im Gegensatz zu seinem 1924 gestorbenen Vorgänger Lenin konzentriert sich Stalin nun auf die Festigung des Kommunismus in der Sowjetunion.

Vornehm und doch lässig: Burberry aus imprägniertem Baumwollstoff

Wetter

Zu kühl – wie im letzten Jahr – ist es auch im März 1925. Bei durchschnittlich 2,1 °C setzt sich die Sonne aber häufig gegen graues Regenwetter durch.

Sonntag 21. März

Technik

Hochhäuser sind auch Prestigeobjekte. Die »Berliner Illustrierte« gibt einen umfassenden Bericht über die ersten deutschen Hochbauten. Das höchste Haus Europas ist das Hansa-Hochhaus von Jakob Koerfer in Köln. Seine 17 Stockwerke ragen 66 m in die Höhe. In Amerika entstanden bereits im 19. Jahrhundert Hochbauten: Man wollte den hohen Grundstückspreisen ein Schnippchen schlagen. Derzeit entsteht in New York das Chrysler Building. 1930 fertiggestellt, erreicht es mit 77 Stockwerken eine Höhe von 319 m.

Preise in den 20er Jahren

1 kg Butter	3,60
1 kg Mehl	0,50
1 kg Fleisch	2,50
1 Ei	0,20
10 kg Kartoffeln	0,80
Stundenlohn	0,93

in RM, Stand 1926
(ohne Inflationsjahre)

Gesellschaft

Berlins Kunstschickeria begeht den 50. Jahrestag der Eröffnung der Berliner Nationalgalerie. Das Gebäude entstand 1876.

Wetter

Relativ mild, aber zu naß präsentiert sich der März 1926. Die Temperaturen erreichen Werte um 4,1 °C. Es fallen 59 mm Niederschläge, während der langjährige Mittelwert für den März bei 31 mm liegt.

Montag 21. März

Politik

Vor dem Sieg über die Warlords in China steht General Chiang Kai-shek, der Führer der Nationalbewegung Kuomintang. Seine Truppen erobern Schanghai und drei Tage später auch Nanking. Die Warlords sind Clanchefs mit eigenen Armeen, die große Teile Chinas kontrolliert haben. 1928 wird Chiang Präsident der Republik. China kommt dennoch nicht zu Ruhe, denn der Bürgerkrieg mit den Kommunisten von Mao Tse-tung bricht aus.

Gesellschaft

Eine neue Flugroute eröffnet die 1926 gegründete Deutsche Lufthansa. Die Strecke Berlin–Dresden–Prag–Wien wird für das junge Unternehmen zur wichtigsten in Mitteleuropa. Der Flugverkehr zieht enorm an: 1927 benutzen 151 000 Deutsche ein Flugzeug; das sind fast 80% mehr als im Vorjahr. Große Werbung für das neue Verkehrsmittel macht in diesem Jahr Charles Lindbergh, der als erster allein und nonstop den Atlantik überfliegt.

Wetter

Strahlender Sonnenschein begleitet den März 1927. Die Temperaturen liegen durchschnittlich bei 7,0 °C und übertreffen damit den langjährigen Durchschnittswert (3,9 °C) deutlich.

Mittwoch 21. März

Gesellschaft

Die Flucht über den Ärmelkanal kann deutsche Verbrecher künftig nicht mehr retten. Großbritannien und das Deutsche Reich schließen ein Rechtshilfeabkommen. Damit können britische Gerichte und die Polizei nun wesentlich einfacher in deutsche Kriminalfälle eingeschaltet werden. Ähnliche Abkommen bestehen bereits mit Österreich, Italien und der Türkei.

Sport

Über den Amateurstatus der beiden Tennisstars Suzanne Lenglen und Paul Feret debattiert in Paris der Internationale Tennisverband. Die beiden sind 1927 zu den Professionals gegangen; diese »Spezialliga« in Amerika richtet eigene Wettkämpfe aus. Nun wollen sie zurück zu den Amateuren, um wieder in Paris und Wimbledon spielen zu können. Die Tennisfunktionäre bleiben aber unerbittlich. Einmal Professional, immer Professional heißt die Devise, die zur Ablehnung der Anträge führt.

Wetter

Bescheiden präsentiert sich der März 1928. Die Temperaturen liegen mit durchschnittlich 3,1 °C nicht besonders hoch für die Jahreszeit. Es fällt wesentlich weniger Regen als in den Vorjahren.

Donnerstag 21. März

Politik

Der Ächtung chemischer Waffen schließt sich Deutschland an. Das von fast allen Staaten Europas unterzeichnete Genfer Protokoll wird vom Reichstag in Berlin angenommen – Nazis, Deutschnationale und Christnationale lehnen ab. Kernpunkt des Protokolls ist das Verbot von Giftgas. Die Deutschen selbst haben die Waffe erfunden und im Ersten Weltkrieg erstmals 1915 bei Ypern eingesetzt. Das Giftgas-Verbot wird von nahezu allen Staaten unterlaufen.

Kultur

Der erste deutsche Tonfilm kommt in die Kinos. »Melodie der Welt« zeigt das Leben in aller Herren Länder. Als erster Tonfilm überhaupt gilt »The Jazzsinger« mit Al Jolson, der am 6. Oktober 1927 in Amerika lief. Die ersten Worte von der Leinwand waren: »Say, Ma, listen to this!«

Die Hochzeit zwischen Kronprinz Olaf von Norwegen und Schwedens Prinzessin Martha ist mehr als eine Eheschließung. Sie ist ein Symbol der Versöhnung beider Länder. Bis 1905 war Norwegen Teil von Schweden.

Wetter

Nach einem extrem kalten Winter erwärmen sich die Luftmassen im März 1929 allmählich wieder. Es bleibt aber mit durchschnittlich 2,6 °C auch jetzt noch zu kühl für die Jahreszeit.

1930–1939

Highlights des Jahrzehnts

1930

- Mahatma Gandhi startet Salzmarsch
- Marlene Dietrich avanciert im Film »Der Blaue Engel« zum Weltstar
- Uruguay wird erster Fußballweltmeister
- Max Schmeling durch Disqualifikationssieg Boxweltmeister im Schwergewicht

1931

- Spanien wird Republik
- Vorführung des Ganzmetallflugzeugs »Ju 52« (»Tante Ju«)
- Empire State Building höchstes Gebäude der Welt
- Mafia-Boß Al Capone hinter Gittern

1932

- Staatsstreich in Preußen
- Wahlsieg der NSDAP
- Chaco-Krieg um Erdöl zwischen Bolivien und Paraguay
- Proklamation des Staates Saudi-Arabien

1933

- Adolf Hitler zum Reichskanzler ernannt
- Reichstagsbrand in Berlin
- Ermächtigungsgesetz in Kraft
- Deutsche Studenten verbrennen »undeutsche« Literatur

1934

- Nationalsozialistischer Volksgerichtshof gegründet
- »Röhm-Putsch« niedergeschlagen
- Mord an Bundeskanzler Dollfuß – Ende der 1. Republik Österreich
- Maos Kommunisten in China auf dem »Langen Marsch«

1935

- Judenverfolgung mit sog. Nürnberger Gesetzen
- Italien marschiert in Äthiopien ein
- Porsche baut Prototyp für VW »Käfer«
- Deutsch-britisches Flottenabkommen

1936

- Beginn des Spanischen Bürgerkriegs
- Volksfrontregierung in Frankreich
- Ausstellung »Entartete Kunst«
- XI. Olympische Spiele in Berlin zur NS-Propaganda genutzt
- Margaret Mitchell veröffentlicht »Vom Winde verweht«
- Schauprozesse in der UdSSR

1937

- Krieg zwischen Japan und China
- Georg VI. in London gekrönt
- Zeppelin LZ »Hindenburg« explodiert in Lakehurst
- Niederländische Kronprinzessin Juliana heiratet Prinz Bernhard

1938

- »Anschluß« Österreichs ans Deutsche Reich
- Münchner Abkommen soll Hitler bezähmen
- Terror gegen Juden in der »Reichskristallnacht«
- Otto Hahn gelingt erste Atomspaltung

1939

- Deutsche Truppen marschieren in Prag ein
- Hitler-Stalin-Pakt
- Beginn des Zweiten Weltkrieges

◀ **Gewaltfreiheit als Prinzip: Mahatma Gandhi auf seinem »Salzmarsch« (1930)**

Freitag 21. März

Technik

Die Welt wird immer kleiner durch die modernen Kommunikationsmittel. Heute eröffnet die Deutsche Reichspost die drahtlosen Telefonverbindungen zwischen Deutschland und Brasilien. Funkstationen in allen Erdteilen beginnen die Länder kabellos miteinander zu verbinden. Die Deutschen waren in der Technologie übrigens lange führend: Schon 1913 überwanden sie die damals sensationelle Strecke von 650 km zwischen Berlin und Wien. 1925 eröffneten Briten und Amerikaner die Verbindung New York–London. Und die niederländische Königin Wilhelmina weihte 1926 die Verbindung Niederlande–Indonesien ein.

Politik

Die rechtskonservative Deutsche Volkspartei erklärt sich bereit, in der Regierungskoalition mit SPD, Liberalen und Zentrum weiterzumachen. Dieses letzte Kabinett der Weimarer Republik, das über eine Mehrheit im Parlament verfügt, zerbricht aber schon am 27. März.

Wetter

Angenehm mit durchschnittlich 4,1 °C kommt der März in diesem Jahr daher. Die milde Witterung wird von relativ häufigen Regenschauern begleitet.

Samstag 21. März

Politik

Amerika spielt die Krise in der Wirtschaft herunter. Die US-Regierung meldet, daß schätzungsweise 6 Millionen Menschen arbeitslos sind. Unabhängige Stellen sprechen von 8 bis 9 Millionen. Der Börsenkrach 1929 beendete die goldenen Zwanziger in den Staaten und löste die Weltwirtschaftskrise aus. Die Regierung spricht noch immer von einer normalen Rezession; erst Präsident Roosevelt tritt ab 1933 dem ungeheuren Niedergang entgegen. Dann sind 13 Millionen Menschen in den USA ohne Job.

Die Sache mit den Bienen und den Blumen sollen katholische Eltern ihren Kindern nicht mehr erzählen. Das katholische »Verfassungsgericht« in Rom verbietet die geschlechtliche Aufklärung Heranwachsender.

Politik

Der Plan einer Zollunion zwischen Österreich und Deutschland wird veröffentlicht. Aus Sorge vor einer künftigen politischen Vereinigung verhindern die Siegermächte des Ersten Weltkriegs diesen Plan. Als Hitler hingehen 1938 Österreich direkt »anschließt«, halten sich die Proteste in Grenzen.

Wetter

Der Frühlingsanfang 1931 ist noch sehr kühl. Die durchschnittliche Temperatur liegt bei 0,2 °C.

Montag 21. März

Gesellschaft

Arbeit ohne Lohn gibt es ab heute bei den Junkers-Werken in Dessau. Das Flugzeugunternehmen steht vor dem Zusammenbruch und strengt einen gerichtlichen Vergleich an. Seit Ausbruch der Weltwirtschaftskrise 1929 ist die deutsche Industrieproduktion um 40% gesunken. Die Absatzmärkte sind komplett zusammengebrochen: Allein in Deutschland geht nur noch ein Drittel der Waren über den Tisch, die man 1928 verkauft hat.

Sport

Etwas verhalten fällt der Empfang des schwedischen Eishockey-Teams in der Heimat aus. Die frischgebackenen Europameister haben gestern im Finale gegen Deutschland nicht gerade überzeugt. Erst im letzten Drittel der torarmen Partie schossen sie das 1:0 und holten damit den vierten Europameistertitel.

Rekorde in den 30er Jahren

200 m: J. Carlton (AUS) – 20,6 sec (1932)
Weitsprung: Jesse Owens (USA) – 8,13 m (1935)
Weitsprung: Erika Junghans (GER) – 6,07 m (1939)
400 m: Rudolf Harbig (GER) – 46,0 sec (1939)

Wetter

Wie im Vorjahr beginnt auch 1932 der Frühling mit zu kühlem Wetter. Im März liegt die durchschnittliche Temperatur erst bei 1,2 °C. Es fallen kaum Niederschläge.

Dienstag 21. März

Politik

Der »Braune Reichstag« wird in der Krolloper eröffnet. Am 5. März haben noch einmal Reichstagswahlen stattgefunden. Hitler, der seit etwa fünf Wochen Regierungschef war, wollte unbedingt eine Legitimation seiner Macht erhalten. Der Wahlkampf war »Kampf« im wahrsten Sinne des Wortes. Die Parteien der Mitte und der Linken wurden bereits massiv verfolgt. Trotzdem holte die NSDAP nur 43,9 % der Stimmen. Das heute eröffnete Parlament spricht aber ohnehin der Demokratie hohn: Die KPD-Sitze sind bereits für »null und nichtig« erklärt worden, bei der SPD fehlen mehrere Abgeordnete, die schon in Haft sitzen.

Politik

Die Spitzen der deutschen Industrie- und Arbeitgeberverbände begrüßen die NS-Regierung. Besonders die Schwerindustriellen haben schon lange gute Kontakte zu Hitler. Das hat neben ideologischen auch finanzielle Gründe: Hitlers Aufrüstungsforderungen versprechen volle Kassen.

Wetter

Nach frostigen Temperaturen zu Jahresbeginn verabschiedet sich der Winter im März 1933 zügig. Das Thermometer erreicht Werte um 6,0 °C.

Mittwoch 21. März

Technik

Das größte Schiffshebewerk der Welt wird in Deutschland bei Niederfinow in Betrieb genommen. Der »Schiffsfahrstuhl« verbindet den Hohenzollernkanal mit der Niederoder in Brandenburg. Die 36 m Höhenunterschied bewältigt das Werk in fünf Minuten, mit Ein- und Ausfahrt vergehen zwanzig. Früher mußten die Schiffe eine vierfache Schleusentreppe hinter sich bringen; das hat über zwei Stunden gedauert.

Figurbetonte Eleganz in den 30er Jahren: Kostüm aus Wollstoff mit Lederpaspeln

Gesellschaft

Ein Opfer der Flammen wird die japanische Hafenstadt Hakodate. Sie brennt zu zwei Dritteln ab. In Japan wird noch immer mit Papier und extrem leichtem Holz gebaut. 38 000 dieser Häuser brennen in kürzester Zeit nieder. 150 000 Menschen der wichtigsten Hafenstadt von Hokkaido sind obdachlos.

Wetter

Die sonnigen Tage überwiegen im März 1934. Es fällt erheblich weniger Niederschlag als in den Vorjahren. Die Temperaturen ergeben einen durchschnittlichen Wert von 5,6 °C.

Donnerstag 21. März

Gesellschaft

Die freie Studienortwahl hat ein Ende: Reichserziehungsminister Bernhard Rust verkündet, daß künftig die Zahl der Studienplätze in den Großstädten begrenzt ist. So dürfen etwa in Berlin höchstens 5600, in Frankfurt am Main 1400 und in Münster 2500 Deutsche studieren. Rust will die Studenten in die kleineren Universitätsorte zwingen, um die »Verbindung zwischen den Arbeitern der Stirn und der Faust« zu fördern. Außerdem paßt die Zwangsumlenkung zur Großstadtfeindlichkeit der Nazis. Studien von NS-Städteplanern haben eine maximale Stadtgröße von 20 000 Menschen für »optimal« erklärt. Größere Zusammenballungen würden zu Ehen mit deutlich verringerter Kinderzahl führen; Hitler hingegen will Massen an Kindern, die später seine Armeen auffüllen sollen. Ebenso wie Studenten versucht Berlin auch Betriebe von der Großstadt auf das Land umzusiedeln.

Der Herr liebt es eher klassisch: Sommersakko aus hellem Fischgrät

Wetter

Nicht spektakulär ist das Wetter im März 1935 mit einer Durchschnittstemperatur von 3,0 °C.

Samstag 21. März

Gesellschaft

Ernst Reclam feiert seinen 60. Geburtstag. Er ist der Enkel von Anton Philipp Reclam, der 1828 den berühmten Verlag ins Leben rief. Obwohl Reclam selbst sich von den NS-Machthabern distanziert, mußte der Verlag alle nichtopportunen Künstler aus dem Programm nehmen. Das Verlagshaus in Leipzig übersteht zwar die Nazi-Diktatur, doch enteignet die DDR 1950 das Stammhaus.

Politik

Die gigantischen Seebäder der Nazi-Organisation »Kraft durch Freude« sind beschlossene Sache. Fünf dieser Ferienbunkeranlagen sollen für je 20 000 Menschen entstehen. Das erste auf der Insel Rügen soll eine Länge von 4 km haben. Das Projekt wird tatsächlich angegangen, muß aber wegen des Krieges gestoppt werden. Die KdF-Organisation ist der Nazi-Gewerkschaft DAF unterstellt. Auch um die Arbeitskraft der Deutschen zu erhalten, fördert sie den Urlaub für einkommensschwache Familien. Hunderttausende nutzen alljährlich die billigen KdF-Fahrten.

Wetter

Nach einem milden Winter steigen die Temperaturen im März bereits auf Werte um 5,3 °C.

Sonntag 21. März

Politik

Die Unterdrückung der Kirche im NS-Staat verurteilt die Enzyklika »Mit brennender Sorge« von Papst Pius XI. In den Gottesdiensten der Katholischen Kirche in Deutschland wird sie heute den Kirchgängern vorgelesen. Die Naziregierung antwortet mit einer ungeheuren Hetzkampagne gegen die Kirche. So werden Tausende von Pfarrern der Korruption und der Unzucht beschuldigt, um das Ansehen der Kirche zu schädigen. Die Enzyklika ist übrigens die einzige nennenswerte Intervention des Papstes, der ansonsten zu den Verbrechen der Nazis schweigt.

Preise in den 30er Jahren

1 kg Butter	2,96
1 kg Mehl	0,47
1 kg Fleisch	1,60
1 l Vollmilch	0,23
1 Ei	0,10
10 kg Kartoffeln	0,90
1 kg Kaffee	5,33
Stundenlohn	0,78

in RM, Stand 1934

Sport

Um die Gesundheit der Spieler zu retten, bricht der Schiedsrichter in Wien ein Fußballspiel Italien–Österreich ab. In geladener Atmosphäre jagt ein Foul das nächste; sieben Spieler werden verletzt.

Wetter

Noch zu kühl sind die Temperaturen im März 1937 mit durchschnittlich 3,4 °C. Niederschläge sorgen für eine unangenehm feuchte Witterung.

Montag 21. März

Politik

Auf ein gutes Verhältnis zu Deutschland bleibt die Schweiz bedacht. Am 13. März hat Hitler Österreich für »angeschlossen« erklärt. Die Schweizer Regierung akzeptiert dies heute indirekt, indem sie auf ihre Neutralität hinweist. Gleichzeitig wächst aber auch die Angst in dem Alpenstaat, ebenfalls in nicht zu ferner Zukunft »heim ins Reich« geholt zu werden. Tatsächlich werden nach dem Ende der Hitlerherrschaft 1945 Planungen bekannt, die eine Annexion der Schweiz nach dem »Endsieg« im Zweiten Weltkrieg vorgesehen haben.

Sport

Das Internationale Olympische Komitee nimmt Kontakte zu Oslo und Helsinki für die Spiele 1940 auf. Eigentlich sollten sie in Japan stattfinden, doch seit 1937 tobt der chinesisch-japanische Krieg. Japan hat sich damit moralisch als Ausrichter disqualifiziert. Die Spiele 1940 müssen ebenso wie die 1944 wegen des Zweiten Weltkrieges ausfallen.

Wetter

Strahlendes Wetter mit sensationellen Temperaturen um 8,0 °C vertreibt den Winter 1938 rasch. Zum ersten Mal seit Jahrzehnten zeigt das Thermometer im März so hohe Werte an.

Dienstag 21. März

Politik

Die Rückgabe Danzigs an Deutschland fordert in Berlin Reichsaußenminister Ribbentrop vom polnischen Botschafter Lipski. Deutschland hat soeben die Tschechoslowakei besetzt, ohne daß es zu einem Krieg mit Frankreich und Großbritannien kam. Nun versucht Hitler, auch Polen zu erpressen und zu Gebietsabtretungen zu zwingen. Am 1. September läßt er Polen angreifen und löst damit den Zweiten Weltkrieg aus.

Stars der 30er Jahre

Louis Armstrong
Trompeter
Marlene Dietrich
Filmschauspielerin
Greta Garbo
Filmschauspielerin
Fred Astaire
Tänzer/Schauspieler
Sonja Henie
Eiskunstläuferin

Kultur

Das erste Gesellschaftsstück von T. S. Eliot ist »Der Familientag«. Das Versdrama kommt im Westminster Theatre in London zum ersten Mal auf die Bühne. Eliot, der 1948 den Literaturnobelpreis erhält, erzählt die Geschichte eines Witwers, der sich weigert, »Familienoberhaupt« zu spielen.

Wetter

Regen und Kälte eröffnen im März 1939 das Frühjahr. Während der langjährige Mittelwert bei 31 mm liegt, werden nun 76 mm Niederschläge gemessen.

1940–1949

Highlights des Jahrzehnts

1940

- Deutscher Luftkrieg gegen Großbritannien
- Beginn der Westoffensive
- Winston Churchill neuer britischer Premierminister

1941

- Schottlandflug von Rudolf Heß
- Deutscher Überfall auf die Sowjetunion
- Japan greift Pearl Harbor an – Kriegseintritt der USA
- »Citizen Kane« von Orson Welles in den Kinos

1942

- Wannsee-Konferenz beschließt Judenvernichtung
- 6. Armee in Stalingrad eingeschlossen
- Beginn alliierter Luftangriffe auf deutsche Städte
- »Casablanca« mit Ingrid Bergman und Humphrey Bogart uraufgeführt

1943

- Goebbels propagiert den »totalen Krieg«
- Ende der Widerstandsgruppe »Weiße Rose«
- Aufstand im Warschauer Ghetto scheitert

1944

- Alliierte landen in der Normandie
- Stauffenberg-Attentat auf Hitler scheitert
- Charles de Gaulle wird Staatschef Frankreichs
- US-Präsident Franklin D. Roosevelt zum dritten Mal wiedergewählt

1945

- KZ Auschwitz befreit
- Bedingungslose Kapitulation Deutschlands
- Vereinte Nationen gegründet
- Beginn der Potsdamer Konferenz
- US-Atombomben zerstören Hiroschima und Nagasaki

1946

- Gründung der SED
- Nürnberger NS-Prozesse
- US-Atombombentests im Südpazifik
- Hilfe durch Care-Pakete aus den USA
- Französischer Kolonialkrieg in Vietnam

1947

- Marshallplan-Hilfe für Europa
- Indien feiert Unabhängigkeit von Großbritannien
- GATT regelt den Welthandel
- Thor Heyerdahls »Kon-Tiki«-Expedition erfolgreich

1948

- Mahatma Gandhi ermordet
- Währungsreform in Ost und West
- UdSSR verhängt Berlin-Blockade
- Staatsgründung Israels
- Korea gespalten
- UNO-Menschenrechtsdeklaration

1949

- Gründung der NATO
- Grundgesetz für die Bundesrepublik Deutschland verkündet
- Konrad Adenauer erster Bundeskanzler
- Proklamation der Deutschen Demokratischen Republik
- Chinesische Revolution

◀ **Der Kuß: Jubel über das Kriegsende auf New Yorks Broadway (1945)**

Donnerstag 21. März

Politik

Frankreichs neues Kabinett unter Paul Reynaud wird vereidigt. Reynauds Vorgänger Daladier mußte am Vortag zurücktreten. Er war wegen seiner zögerlichen Politik im 1939 ausgebrochenen Zweiten Weltkrieg kritisiert worden. So verweigerte er eine Offensive gegen Deutschland, während der Hauptteil der deutschen Armee noch in Polen kämpfte. Hitler läßt Frankreich im Mai angreifen. Es muß am 22. Juni kapitulieren.

Politik

Über das Ausmaß der Niederlage Finnlands gegen die UdSSR berichtet der finnische Politiker Cajander in Stockholm. Am 12. März kapitulierte Finnland nach über drei Monaten Krieg vor der Roten Armee. Es muß 40 000 km² abtreten, auf denen sich 10% seines Ackerlandes befinden. 500 000 Finnen werden vertrieben. Der harte Frieden ist ein Grund, warum sich Finnland 1941 dem deutschen Angriff auf die Sowjetunion anschließt.

Wetter

Nach einem extrem harten Winter überwiegen erstmals in diesem Jahr Temperaturen über dem Gefrierpunkt. Anhaltende Schnee- und Regenfälle trüben allerdings die Freude über die Wetterbesserung.

1941

Freitag 21. März

Kultur

Hans Albers ist der Star in dem NS-Propagandafilm »Carl Peters«. Der in Hamburg uraufgeführte Streifen über den deutschen Kolonialisten des 19. Jahrhunderts findet beim Publikum wenig Anklang. Albers ist eine der schillerndsten Schauspielerpersönlichkeiten des Nazireiches. Beileibe kein Sympathisant oder Ja-Sager, hat er riesigen Erfolg mit den meisten seiner Filme und ist angeblich der bestbezahlte Leinwandmime in Deutschland. Außer »Carl Peters« war »Flüchtlinge« von 1933 sein einziger ausgesprochener Propagandafilm.

Sport

Kaum Gegner gibt es für Boxweltmeister Joe Louis. Der Schwergewichtler schlägt im dritten Titelkampf dieses Jahres Abe Simon k.o. Seit 1937 ist der »Braune Bomber« Chef im Ring. Er bleibt bis zu seinem Rücktritt 1949 ungeschlagen.

Rekorde in den 40er Jahren

5000 m: G. Hägg (SWE) – 13:58,2 min (1942)
Hochsprung: Fanny Blankers-Koen (HOL) – 1,71 m (1943)
Marathon: Suh Yun Bok (KOR) – 2:25:39 h (1947)
Speerwerfen: Natalia Smirnizkaja (URS) – 53,41 m (1949)

Wetter

Bei viel Sonne zeigen sich im März 1941 schon bald die ersten Knospen. Das Thermometer steigt auf durchschnittlich 3,3 °C.

Samstag 21. März

Technik

Die Lochkarte hält Einzug in die industrielle Warenerfassung in Deutschland. Alle Waren werden durch ein Nummernsystem kodiert, um zum Beispiel Lagerbestände mit Lochkarten-Lesegeräten einfacher führen zu können.

Politik

Die Zwangsarbeit in Deutschland ist ab jetzt Sache von Fritz Sauckel. Der Gauleiter von Thüringen wird Generalbevollmächtigter für den Arbeitseinsatz. Seit Kriegsbeginn 1939 verschleppen die Deutschen aus den eroberten Gebieten Europas Menschen und stecken sie in die Fabriken der Rüstungsindustrie oder in die Landwirtschaft. Bis 1944 steigt ihre Zahl auf mindestens 7,5 Millionen. Die Zwangsarbeiter werden durch Zeichen auf der Kleidung kenntlich gemacht; Menschen aus dem Osten, besonders aus Polen, haben absolutes Redeverbot gegenüber deutschen Zivilisten. Auf Reden steht die Todesstrafe. Millionen Zwangsarbeiter und zur Zwangsarbeit eingesetzte Kriegsgefangene kommen um.

Wetter

Nur 14 mm Niederschlag werden im März 1942 gemessen. Die Sonne scheint 149 Stunden.

1943

Sonntag 21. März

Politik

Ein Attentat auf Hitler scheitert: Oberst Freiherr von Gersdorff will sich mit Hitler auf einer Ausstellung im Berliner Zeughaus in die Luft sprengen. Der automatische Zünder steht auf zehn Minuten: Erfahrungsgemäß bleibt Hitler bei solchen Anlässen eine halbe Stunde. Diesmal wird es eine Stippvisite. Nach zwei Minuten ist Hitler und mit ihm die Hoffnung auf ein rasches Kriegsende verschwunden.

Politik

Seine Pläne für die Nachkriegszeit umreißt Großbritanniens Premierminister Churchill. Außer der Bestrafung der Hauptkriegsverbrecher will er, daß Deutschland und seine Verbündeten entwaffnet werden. Die Vereinten Nationen, die während des Krieges aus der Anti-Hitler-Koalition entstehen, sollen die Entwaffnung kontrollieren.

Stars der 40er Jahre

Humphrey Bogart
Filmschauspieler
John Wayne
Filmschauspieler
Katharine Hepburn
Filmschauspielerin
Hans Albers
Filmschauspieler
Joe Louis
Boxer

Wetter

Besonders schön und trocken ist das Wetter im März 1943. Den geringen Niederschlägen (10 mm) entsprechen 189 Sonnenscheinstunden; normal sind 151 Stunden.

Dienstag 21. März

Politik

Von sauberen Händen spricht der neue argentinische Präsident Fárrell, der mit Hilfe eines Putsches an die Macht gekommen ist. Fárrell ist eine Marionette hitlerfreundlicher Militärs, die seinen Vorgänger Ramírez gestürzt haben, weil er Deutschland den Krieg erklären wollte. Erst am 27. März 1945 tritt Argentinien doch noch gegen Hitlerdeutschland in den Krieg ein, um einen Platz in der entstehenden UNO zu bekommen.

Das Extravagante an diesem Sommerkleid: der mit Tapeziernägeln besetzte Gürtel

Politik

Finnland bleibt vorerst auf der Seite Hitlerdeutschlands und lehnt eine Forderung der UdSSR, die Waffen niederzulegen, ab. Seit 1941 kämpfen die Finnen mit deutschen Truppen gegen die UdSSR, um ihre Niederlage gegen die Rote Armee vom März 1940 wiedergutzumachen. Am 19. September kapituliert Finnland.

Wetter

Mit Regen und zu niedrigen Temperaturen beginnt im März 1944 der Frühling. Die Niederschläge liegen mit 57 mm weit über dem langjährigen Mittel.

Mittwoch 21. März

Politik

Eine dreitägige Luftoffensive der amerikanischen Bombergeschwader gegen die japanischen Inseln Hondo und Kiuschu endet. Seit Anfang März setzt die US-Luftwaffe Brandbomben gegen die japanischen Städte ein; die Wirkung ist wegen der Bauweise aus Pappe, Papier und Leichtholz verheerend. Ein Luftangriff auf Tokio am 10. März soll mehr Menschenleben gekostet haben, als der bevorstehende Atombombenabwurf auf Hiroshima im August. Insgesamt beziffert Japan nach Kriegsende seine Verluste durch konventionelle Bombardierung auf 260 000 Tote. 2,2 Millionen Häuser sind niedergebrannt. Fast zehn Millionen Japaner sind ohne Obdach.

Das Modemagazin »Esquire« stellt diese Abendmode für den Herrn vor

Politik

Erstmals seit vier Jahren rollt über die Birmastraße wieder ein britischer Hilfskonvoi für China. Japan hat die rund 1000 km lange Strecke 1940 sperren lassen.

Wetter

Nach einem kalten Winter steigen die Temperaturen im März auf durchschnittlich 6,8 °C.

Donnerstag 21. März

Politik

Gegen das Schlagwort »Eiserner Vorhang« wendet sich zum zweiten Mal der sowjetische Diktator Stalin. Er greift damit den früheren britischen Premierminister Winston Churchill an. Churchill hat den Ausdruck am 5. März in einer Rede in der US-Universität von Fulton geprägt. Er bezeichnet damit die Isolierung Ost- und Südosteuropas vom restlichen Kontinent durch die sowjetische Politik.

Politik

Die Unwahrheit sagt Andrei Gromyko, der sowjetische Delegierte bei der UNO, im Sicherheitsrat des Weltbundes. Er fordert den Westen auf, die UdSSR nicht länger wegen ihrer Truppen im Iran zu attackieren, weil diese schon abgezogen seien. Tatsächlich bleiben bis Jahresende sowjetische Soldaten im Iran. Das Land war im Zweiten Weltkrieg von UdSSR, Großbritannien und den USA besetzt worden. Die Westmächte haben ihre Truppen bereits abgezogen.

Wetter

Gelegentliche Niederschläge und eine Durchschnittstemperatur von 3,8 °C, die fast dem langjährigen Mittelwert entspricht, lassen den März 1946 recht mittelmäßig erscheinen.

Freitag 21. März

Politik

Der fünfte Kontinent, Australien, beschließt, dem Internationalen Währungsfonds beizutreten. Der IWF ist 1944 ins Leben gerufen worden und gilt als eine der wichtigsten Organisationen der Weltwirtschaft in der Nachkriegszeit. Länder, die finanzielle Probleme haben, können beim IWF um schnelle Kredite nachfragen. Er finanziert sich aus Mitteln aller Mitglieder und ist gewissermaßen ein Instrument der »kollektiven Wirtschaftssicherheit«.

Politik

Klar die Nase vorn im chinesischen Bürgerkrieg haben die Nationalisten, die heute die »kommunistische Hauptstadt« Yenan besetzen. Ende des Zweiten Weltkriegs 1945 ist der schon in den 20er Jahren entstandene Krieg zwischen Nationalisten und Kommunisten wieder voll ausgebrochen. 1949 setzen sich die Kommunisten unter Mao Tse-tung schließlich durch.

Wetter

Kein Ende will der Winter in diesem Jahr nehmen. Der Frühlingsmonat März ist 1947 immer noch vergleichsweise frostig. Die Durchschnittstemperatur liegt bei nur 1,9 °C und damit um zwei Grad niedriger als gewöhnlich.

Sonntag 21. März

Politik

An den grünen Grenzen der Tschechoslowakei herrscht Hochbetrieb. Zahlreiche antikommunistische Militärs und Beamte versuchen in den Westen zu fliehen. Viele von ihnen – wie der frühere Ministerpräsident Josef Schramek – werden dabei verhaftet und verschwinden im Gefängnis. Durch einen »kalten Staatsstreich« haben Ende Februar die moskautreuen Kommunisten die Macht übernommen. Für die nächsten 41 Jahre gehört die Tschechoslowakei zum Ostblock.

Gesellschaft

Glückwünsche aus aller Welt treffen beim Hamburger Tierpark Hagenbeck ein. Er feiert sein 100jähriges Bestehen. Gründervater Carl Hagenbeck hat mit sechs Seehunden den Grundstein für den Tierpark gelegt. Er führte die käfiglose, freie Tierhaltung ein und setzte sich damit von den meisten traditionellen Zoos ab. Die Söhne Hagenbecks errichteten nach diesem Vorbild den Tierpark in Rom und Anlagen in den USA.

Wetter

Freundlicher als im vergangenen Jahr kündigt sich 1948 der Frühling an. Die Temperaturen liegen fast zwei Grad über dem langjährigen Mittelwert.

Montag 21. März

Politik

Nordkorea und die UdSSR demonstrieren Nähe durch ein heute bekanntgegebenes Wirtschaftsabkommen. Korea ist seit 1948 in den kommunistischen Nord- und den westorientierten Südstaat geteilt. Als der Norden im Sommer 1950 den Süden angreift, startet die UNO eine militärische Hilfsaktion unter amerikanischer Führung. In dem bis 1953 dauernden Koreakrieg wird der Norden militärisch nicht von der UdSSR, sondern von China unterstützt.

Preise in den 40er Jahren

1 kg Butter	3,50
1 kg Mehl	0,45
1 kg Fleisch	1,60
1 l Vollmilch	0,26
1 Ei	0,12
10 kg Kartoffeln	1,00
1 kg Zucker	0,76
Stundenlohn	0,81

in RM, Stand 1943

Gesellschaft

Die amerikanischen Eisenbahnen führen die 40-Stunden-Woche ein. In Deutschland ist diese Arbeitszeitverkürzung schon seit 1930/31 im Gespräch gewesen. Realisiert wird sie in Westdeutschland aber erst in den 60er Jahren.

Wetter

Für die Jahreszeit zu kühl ist es im März 1949. Die Temperaturen erreichen einen Durchschnitt von 2,5 °C. Sie liegen damit mehr als ein Grad unter dem Standardwert für diesen Monat.

1950-1959

Highlights des Jahrzehnts

1950

- Ausbruch des Koreakrieges
- Abschaffung der Lebensmittelmarken in Deutschland

1951

- Debatte um die Wiederaufrüstung Deutschlands
- Skandal um Hildegard Knef als »Sünderin«
- Erster Schritt zur europäischen Einigung: Montanunion perfekt
- Der persische Schah Mohammed Resa Pahlewi heiratet Soraya

1952

- Helgoland wieder unter deutscher Verwaltung
- Staatsstreich in Ägypten
- DDR riegelt Grenze ab
- Dwight D. Eisenhower wird zum 34. US-Präsidenten gewählt
- USA zünden Wasserstoffbombe
- In Deutschland bricht das Fernsehzeitalter an

1953

- Tod des sowjetischen Diktators Josef Stalin
- Volksaufstand in der DDR
- Elisabeth II. zur Königin von Großbritannien und Nordirland gekrönt
- Mount Everest: Höchster Berg der Welt bezwungen

1954

- Französische Niederlage in Vietnam
- Deutschland wird in Bern Fußballweltmeister
- Beginn des Algerienkrieges
- Mit »That's alright Mama« beginnt der Aufstieg von Elvis Presley

1955

- Die Bundesrepublik wird ein souveräner Staat
- Gründung des Warschauer Paktes
- Tragischer Tod von James Dean
- Erste »documenta«

1956

- Traumhochzeit von Grace Kelly und Rainier III. von Monaco
- Volksaufstand in Ungarn
- Suezkrise führt zu Nahostkrieg
- Musical »My Fair Lady« beginnt seinen Siegeszug um die Welt

1957

- Gründung der EWG
- »Sputnik-Schock« bildet Auftakt zu Wettlauf im All
- Heinz Rühmann als »Hauptmann von Köpenick« gefeiert
- Erste Massenimpfung gegen Kinderlähmung

1958

- De Gaulle und Adenauer begründen deutsch-französische Freundschaft
- Rock 'n' Roll-Fieber grassiert weltweit
- Pelé – Star der Fußballweltmeisterschaft in Schweden
- Atomium ist Wahrzeichen der Weltausstellung in Brüssel

1959

- Fidel Castro übernimmt die Macht in Kuba
- Hula-Hoop-Welle schwappt aus den USA nach Europa
- Premiere des Marilyn-Monroe-Films »Manche mögen's heiß«
- Erste Bilder von der Rückseite des Mondes

◀ **Mit 23 schon ein Hollywood-Superstar: Audrey Hepburn mit »Oscar« (1953)**

Dienstag 21. März

Gesellschaft

Gegen alle Atomwaffen spricht sich die Schlußerklärung des Weltfriedensrates aus, der in Stockholm tagt. Der Weltfriedensrat ist auf Initiative des französischen Atomphysikers Frédéric Joliot-Curie entstanden, der auch Vorsitzender der Organisation ist. Er ist der Schwiegersohn des Ehepaars Curie, das 1898 die Radioaktivität erforschte. Im August teilt Joliot-Curie mit, daß den Stockholmer Appell zur Ächtung von Kernwaffen weltweit bereits 273 470 566 Menschen unterzeichnet haben.

Politik

Die Ewiggestrigen sammeln sich zur Zeit in der Sozialistischen Reichspartei. Der SRP-Bundestagsabgeordnete Dorls gibt heute der »New York Times« ein Interview. Als Ziel der SRP nennt er einen »preußisch geführten Staat«, von »einer Elite geleitet«. Die Demokratie in der BRD ist und bleibt der SRP ein Greuel. 1952 wird die neonazistische Partei verboten. Neues Forum der Rechten wird bis 1965 die Deutsche Reichspartei.

Wetter

Bei geringen Niederschlägen erwärmt sich die Luft im März 1950 kräftig. Die Temperatur steigt auf durchschnittlich 5,4 °C an.

Mittwoch 21. März

Politik

Amerika hat wieder mobil gemacht: Verteidigungsminister Marshall meldet, daß 2,9 Millionen Mann unter Waffen stehen. Das sind mehr als doppelt so viele wie vor Ausbruch des Koreakrieges im Juni 1950. Dort kämpfen vor allem amerikanische Soldaten gegen die kommunistischen Streitkräfte Nordkoreas und chinesische »Freiwillige«. Nach dem Waffenstillstand 1953, der die Teilung Koreas besiegelt, rüsten die Amerikaner wieder ab.

Politik

Einen kommunistischen Putsch kann Pakistans Premierminister Liaquat verhindern. Er läßt eine Reihe hoher Offiziere verhaften. Das seit 1947 selbständige Land steht zwischen Sozialismus und muslimischer Ausrichtung. Liaquat, der versucht, Religion und Sozialismus zusammenzubringen, wird im Oktober ermordet.

Wetter

Naß und kalt ist es zum Frühlingsbeginn 1951. Die Temperaturen bleiben mit durchschnittlich 2,2 °C relativ niedrig.

Stars der 50er Jahre

Marilyn Monroe
Filmschauspielerin
James Dean
Filmschauspieler
Elvis Presley
Sänger
Sophia Loren
Filmschauspielerin
Brigitte Bardot
Filmschauspielerin

Freitag 21. März

Politik

Ein mehr als schwieriges Thema verhandeln in Den Haag Delegationen aus der BRD und Israel. Es geht um die Wiedergutmachungsleistungen für den nationalsozialistischen Massenmord an den europäischen Juden. Jede materielle Wiedergutmachung für die sechs Millionen Ermordeten ist eigentlich zu wenig. 1951 erkannte die BRD grundsätzlich eine Zahlungspflicht an – im Gegensatz zur DDR, die sich mit der Aussage, sie sei »kein Nachfolgestaat des Hitlerfaschismus«, ihrer Verantwortung entzog. Im September kommt ein Abkommen zwischen Israel und der BRD zustande. Binnen 14 Jahren zahlt Westdeutschland 3 Mrd. DM. Durch die Verhandlungen wird der Prozeß der Annäherung zwischen beiden Staaten eingeleitet. 1965 nehmen BRD und Israel volle diplomatische Beziehungen zueinander auf.

Eine originelle Idee, das Staatssäckel zu füllen, hat Großbritannien ersonnen: Ab sofort wird teurere Herrenunterwäsche besteuert. Hemden und Hosen unter umgerechnet 8,40 DM sind steuerfrei. Die beliebten wollenen Unterhosen oder gar langbeinige Exemplare gibt es aber nicht unter 23 DM.

Wetter

Anhaltender Sonnenschein verdrängt im März 1952 das trübe Wetter der letzten Wochen. Die Temperaturen um 1,2 °C sind jedoch zu niedrig.

Samstag 21. März

Politik

Die Legende von der »schuldlosen Wehrmacht« erhält auf der Jahrestagung des Verbandes Deutscher Soldaten wieder neuen Auftrieb. Der Vorsitzende Hansen fordert Bundeskanzler Adenauer auf, sich für Soldaten einzusetzen, die als Kriegsverbrecher verurteilt worden sind. Eine tiefgehende historische Untersuchung und Auseinandersetzung über die Verflechtung von Wehrmacht und Nazi-Verbrechen beginnt erst in den 80er Jahren.

Gesellschaft

Riesenandrang herrscht am ersten Wochenende der Automobil-Ausstellung in Frankfurt. Mit der deutschen Autoindustrie geht es steil bergauf: Sie ist einer der Träger des Wirtschaftswunders. Fast 500 000 Autos werden in der BRD 1953 hergestellt. Erfreulich für die Verbraucher: Die Preise fallen. Der VW-Käfer kostet nur noch 4150 DM statt 4600 DM im Januar. Das entspricht aber noch immer einem durchschnittlichen Jahresgehalt.

Wetter

Die Sonne scheint so häufig (213 Stunden), daß die Temperaturen im März 1953 auf durchschnittlich 5,8 °C ansteigen. Im Vergleich zu den Vorjahren regnet es außergewöhnlich selten.

Sonntag 21. März

Stets korrekt und im Zweifelsfall eher weit geschnitten: Herrenmode in den 50ern

Technik

Mit einem Festakt eröffnet in Cuxhaven das 100. Fernschreibamt der Deutschen Bundespost in der BRD. Die Fernschreiberei ist eigentlich sogar eine deutsche Erfindung. Carl August Steinheil hat 1838 einen Telegrafen mit einer Schreibfeder verbunden und damit den ersten, sehr simplen Fernschreiber konstruiert. Sehr wichtig ist die Fernschreiberei in den USA. Dort entstand schon 1931 das erste »private Netz«. Fernschreibgeräte privater Nutzer können sich seitdem gegenseitig anwählen und direkt Nachrichten austauschen.

Sport

Bei der Wiederauflage des WM-Finales im Hallenhandball vom Januar zwischen der BRD und Schweden hält sich die deutsche Mannschaft mit 5:5 gut. Bei der WM mußte sie sich geschlagen geben – Weltmeister sind die Schweden.

Wetter

Der eisige Winter ist überstanden. Im März 1954 erwärmt sich die Luft auf durchschnittlich 3,8 °C.

Montag 21. März

Politik

Den Krieg gegen Deutschland erklären Ungarn und Albanien für beendet. 1945 endete der Zweite Weltkrieg in Europa mit der Kapitulation der deutschen Wehrmacht. Zum Abschluß eines Friedensvertrages kam es wegen des ausbrechenden kalten Krieges nie; die UdSSR und die Westmächte konnten sich auf keine gemeinsame Deutschlandpolitik einigen. Seitdem haben eine ganze Reihe von Staaten den Kriegszustand von sich aus für beendet erklärt. Im völkerrechtlichen Sinne endet der Zweite Weltkrieg tatsächlich erst 1990 mit dem Zwei-plus-vier-Vertrag, der die deutsche Einheit ermöglicht.

Für eine gute Figur auf der Tanzfläche: Kleid aus Chiné-Taft

Politik

Eine politische Totgeburt ist der Abschluß einer Wirtschaftsunion zwischen Saarland und Frankreich. Das Saarland steht seit 1945 unter französischer Kontrolle. 1957 fällt es aber der BRD zu.

Wetter

Noch viel zu kalt ist es mit einem Temperaturschnitt von 0,6 °C im März 1955.

Mittwoch 21. März

Politik

Voll Hoffnung blickt die Welt auf die in London beginnenden Abrüstungsgespräche. Elf Jahre nach dem Ende des Zweiten Weltkriegs starrt die Welt vor atomaren Massenvernichtungswaffen. Die Briten, selbst seit 1952 Atommacht, schlagen ein Produktionsverbot weiterer Nuklearsysteme vor und wollen alle Arsenale um die Hälfte reduzieren. Die Londoner Verhandlungen enden ohne Ergebnis, weil es noch keine Kontrollmechanismen für Abrüstungsschritte gibt – das Zeitalter der Satelliten und der »Weltraumaufklärung« beginnt erst 1957 mit dem Start der sowjetischen »Sputnik«.

Gesellschaft

Süßstoff-Produzenten sehen schweren Zeiten in der BRD entgegen. Die Zuckersteuer sinkt um mehr als die Hälfte. Der Süßstoff Saccharin – bereits seit 1879 bekannt – braucht ein neues Produktprofil. Das ist im Schlemmerland BRD, wo es nun alles gibt, schnell gefunden: Süßstoff wird bei Figurbewußten zum Renner.

Wetter

Strahlender Sonnenschein leitet im März 1956 den Frühling ein. Die Temperaturen steigen auf durchschnittlich 3,2 °C.

1957

Donnerstag 21. März

Kultur

Den klassischen Orpheus-Stoff behandelt Tennessee Williams in seiner Tragödie »Orpheus steigt herab«. Das Schauspiel des großen amerikanischen Autors kommt heute zum ersten Mal im New Yorker Martin Beck Theater auf die Bühne. Es ist bereits die fünfte Variation des Themas durch Williams. Erstmals spielte er mit dem Orpheus in der »Schlacht der Engel« 1940.

Politik

Neutralität und EWG-Mitgliedschaft sind nach Meinung der Eidgenossen nicht vereinbar. Die Schweiz bleibt zukünftig sowohl dem gemeinsamen Markt der Europäischen Wirtschaftsgemeinschaft wie auch der UNO fern. Wohl aber gründet das Land 1960 die EFTA mit, da dieser Bund ausschließlich ökonomische Ziele hat.

Rekorde in den 50er Jahren

Kugelstoßen: Jim Fuchs (USA) – 17,95 m (1950)
10 000 m: Emil Zátopek (TCH) – 28:54,6 min (1954)
800 m: R. Moens (BEL) – 1:45,7 min (1955)
Eisschnellauf: Eugen Grischin (URS) – 1000 m in 1:22,8 min (1955)

Wetter

Mild ist es im März 1957. Der Monatsdurchschnitt liegt bei 5,8 °C. Während das langjährige Mittel für die Sonnenscheindauer im März bei 151 Stunden liegt, werden 1957 nur 92 Stunden gemessen.

Freitag 21. März

Politik

Demokratisch sind die Wahlen in Nordirland keineswegs, bei denen die britenfreundlichen Unionisten 37 von 52 Abgeordnetensitzen im Parlament gewinnen. In mehr als der Hälfte der Wahlkreise gab es keine Gegenkandidaten zu den Unionisten. Seit 1956 verschärft sich der Untergrundkrieg zwischen IRA, protestantischen Terroristen und der Regierung. Die katholische Mehrheit in Nordirland will den Anschluß an die Republik Irland im Süden durchsetzen, die seit 1922 von Großbritannien unabhängig ist. London verweigert dies, weil sehr viele britische Protestanten im Norden leben. 1969 bricht der Bürgerkrieg mit aller Gewalt los.

Kultur

Leise Panik spricht aus dem Resümee der bundesdeutschen Filmwirtschaft für 1957. Die Zahl der gedrehten Filme ging im Vergleich zu 1956 von 123 auf 106 zurück. Die Zahl der Kinobesucher sank von 817 auf 810 Millionen. Schuld hat das Fernsehen: Über 1,5 Millionen Fernseher sind angemeldet.

Wetter

Noch in weiter Ferne scheint der Frühling im März 1958 bei einer mittleren Temperatur von 0,5 °C. Die Sonne hat nur selten Gelegenheit zu wärmen.

Samstag 21. März

Gesellschaft

Grippeviren sind noch immer eine große Gefahr. Die britische Regierung teilt mit, daß an der aktuellen Epidemie bisher 5782 Menschen gestorben sind. Alle paar Jahre wird Europa von neuen Erregern heimgesucht. 1970 fordert eine Grippewelle in der BRD weit über 2000 Menschenleben. In den 70er Jahren beginnt aber auch die Entwicklung neuer Impfstoffe.

Preise in den 50er Jahren

1 kg Butter	6,75
1 kg Mehl	0,76
1 kg Fleisch	5,01
1 l Vollmilch	0,40
1 Ei	0,23
10 kg Kartoffeln	2,14
1 kg Kaffee	21,40
Stundenlohn	1,96

in DM, Stand 1955

Politik

»Der Feind steht rechts« lautet die Botschaft eines Kongresses ehemaliger Widerstandskämpfer gegen die Nazidiktatur in München. Der Publizist Rudolf Pechel mahnt, daß in Behörden und Ämtern noch immer frühere NSDAP-Mitglieder sitzen. In Bayern wird die Entnazifizierung im Dezember endgültig abgeschlossen. In der Begründung heißt es, man müsse nun gegen den »Weltbolschewismus« kämpfen.

Wetter

Ausgiebig schön ist der März 1959. Die Temperaturen steigen auf durchschnittlich 7,1 °C.

KENNEDY
FOR PRESIDENT
LEADERSHIP FOR THE 60's

Highlights des Jahrzehnts

1960

- Gründung der EFTA
- Frankreich wird 4. Atommacht
- John F. Kennedy wird 35. Präsident der USA
- Hochzeit des Jahres: Fabiola und König Baudouin von Belgien

1961

- Erster Mensch im Weltraum: der Russe Juri Gagarin
- Bau der Mauer in Berlin
- Gründung von Amnesty International

1962

- Flutkatastrophe an der Nordseeküste und in Hamburg
- Kuba-Krise: USA erzwingen Abbau sowjetischer Raketenbasen
- »Spiegel«-Affäre löst Regierungskrise aus
- Start der erfolgreichsten Serie der Kinogeschichte: James Bond

1963

- Deutsch-Französischer Freundschaftsvertrag
- US-Präsident Kennedy wird in Dallas erschossen
- Marika Kilius und Hans-Jürgen Bäumler werden Weltmeister im Eiskunstlaufen

1964

- Die USA greifen in den Vietnamkrieg ein
- Revolution in der Damenmode: der Minirock
- Der 22jährige Cassius Clay wird jüngster Boxweltmeister
- UdSSR: Breschnew neuer KP-Chef
- Erfolgreichste Pop-Gruppe der 60er: die Beatles
- Den Rolling Stones gelingt der internationale Durchbruch

1965

- Im Alter von 90 Jahren stirbt in London Winston Churchill
- Erste Fotos vom menschlichen Embryo im Mutterleib
- Ziehung der Lottozahlen erstmals im Fernsehen

1966

- Große Koalition aus CDU/CSU und SPD gebildet
- APO beginnt sich zu formieren

1967

- Sechs-Tage-Krieg in Nahost
- Erste Herztransplantation
- Bürgerkrieg in Biafra
- Kult-Musical »Hair« wird uraufgeführt

1968

- Ermordung des schwarzen Bürgerrechtlers Martin Luther King und des US-Präsidentschaftskandidaten Robert Kennedy
- »Prager Frühling« durch Einmarsch von Warschauer-Pakt-Truppen beendet
- Aufklärungswelle erreicht den Schulunterricht

1969

- Willy Brandt wird Kanzler einer sozialliberalen Koalition
- Der erste Mensch betritt den Mond
- »Sesamstraße« begeistert Millionen von Kindern
- Rockfestival in Woodstock

◀ **Voller Optimismus in die 60er: John F. Kennedy und seine Frau Jacqueline**

Montag 21. März

Politik

Im Himalaja stecken China und Nepal ihren Grenzverlauf ab. Es ist der erste Vertrag zwischen den beiden Nachbarstaaten überhaupt. Seit dem 18. Jahrhundert war Nepal, der einzige hinduistische Staat der Welt, praktisch vollständig von der Außenwelt isoliert. Erst König Tribuvan hat 1951 nennenswerte Außenkontakte aufgenommen. Im Vorjahr fanden sogar freie Wahlen statt. Der Ausflug in die Demokratie endet aber noch 1960.

Politik

Der Staatspräsident von Taiwan heißt zum dritten Mal hintereinander Chiang Kai-shek. Der Generalissimus wird aber nicht frei gewählt, sondern vom Nationalparlament bestätigt. Parlament wie Präsident sehen sich als legitime Vertretung aller Chinesen. Der Nationalist Chiang hat seit 1925 die Geschicke Chinas bestimmt, mußte aber 1949 vor den kommunistischen Rebellen Mao Tse-tungs nach Taiwan fliehen.

Wetter

Das Frühjahr beginnt im März 1960, der mit 4,1 °C etwas wärmer als normal ist (langjähriger Mittelwert 3,9 °C), nach Plan. Dabei bleibt es mit nur 19 mm Regen sehr trocken.

Dienstag 21. März

Kultur

Eigentlich ist es ein Heimspiel für die »Beatles«, im Cavern Club in Liverpool aufzutreten. Die »Pilzköpfe« kommen schließlich aus dieser tristen Industriestadt. Der Cavern Club ist aber nicht irgendein Act für die noch unbekannte Gruppe: Hier verkehrt die internationale Klasse, und wer hier durchfällt, kann aufgeben. Für die »Beatles« läuft alles glatt. Aus den Liverpooler Lokalhelden wird die neben den »Rolling Stones« populärste Band der 60er Jahre. 1963 kommt mit »Please, Please Me« die erste Nummer eins in den Charts.

Stars der 60er Jahre

Die Beatles
Popgruppe
Sean Connery
Filmschauspieler
Pelé
Fußballspieler
Jean Paul Belmondo
Filmschauspieler
Dustin Hoffman
Filmschauspieler

Politik

Freier Grundstückskauf für Ausländer ist in der Schweiz Vergangenheit. Jede Transaktion muß behördlich genehmigt werden. So bestimmt es das Gesetz gegen den »Ausverkauf des Heimatbodens«.

Wetter

Bereits sehr warm mit 6,7 °C im Monatsdurchschnitt ist es im März 1961. Gewöhnlich können 3,9 °C erwartet werden.

Mittwoch 21. März

Politik

Eine Art Wegegeld erhebt die DDR für Westberliner, die aus dem Ausland wieder in ihre Heimatstadt reisen wollen. Für die Fahrt über DDR-Boden auf den Interzonenverbindungen müssen die Westberliner 5 DM bezahlen – das ist mehr als der durchschnittliche Bruttostundenlohn. Weitere wertvolle Devisen holt sich das SED-Regime ab 1964 durch den Zwangsumtausch: 5 DM muß jeder DDR-Besucher 1:1 in Ostmark tauschen.

Weil es einen Angestellten nach einem Nervenzusammenbruch nicht wieder einstellte, muß das Modehaus Dior Schadensersatz leisten. Der Angestellte macht sich nun selbständig. Sein Name ist Yves Saint Laurent.

Politik

Zum »Maßhalten« ruft Bundeswirtschaftsminister Ludwig Erhard die Bundesbürger via Fernsehen und Rundfunk auf. Er befürchtet durch die Lohnsteigerungen von etwa 12% im Jahr eine Geldentwertung. Die Deutschen sollen nicht zuviel fordern, um ihren Lebensstandard auf Dauer zu sichern.

Wetter

Außergewöhnlich kalt bleibt es im März 1962 mit einem Monatsschnitt von gerade 1,0 °C gegenüber einem Normalwert von 3,9 °C. Auch die Sonne scheint mit 106 Stunden weniger als gewöhnlich.

Donnerstag 21. März

Technik

Frankfurt bekommt eine U-Bahn: Die Stadtverordnetenversammlung der Main-Metropole beschließt den Beginn der Tunnelarbeiten. Der erste Abschnitt soll in der Innenstadt über 400 m gehen. 1968 wird die U-Bahn feierlich eröffnet. Frankfurt ist damit nach Berlin und München die dritte Stadt in der BRD, in der Untergrundbahnen verkehren.

Gesellschaft

Algerien will den Vertrag mit Frankreich über die französischen Militärstützpunkte im Süden des Landes ändern. Anlaß ist die gewaltige überirdische Explosion in der Sahara, mit der Frankreich vor drei Tagen seine Kernwaffentests in Nordafrika fortsetzte. Algeriens Widerstand zwingt Frankreich zum Ausweichen in den Pazifik. In den Atollen des Südmeeres werden Schachtanlagen für unterirdische Kernwaffentests gebaut. Staatspräsident de Gaulle läßt mit Hochdruck an der eigenen Atomstreitmacht, der »Force de Frappe«, arbeiten.

Wetter

Noch winterlich ist es im März 1963: Die Temperaturen um 2,7 °C liegen deutlich unter dem Mittelwert von 3,9 °C. Anfangs fallen die 41 mm Niederschläge häufig als Schnee.

Samstag 21. März

Technik

»Mini« heißt das Schlagwort der 60er – hier in Form eines Strickkleides

Europas Weg ins All soll die Weltraumforschungsorganisation ESRO ebnen, die in Paris ihre Tätigkeit aufnimmt. In den folgenden Jahren entwickelt die ESRO eine Reihe eigener Projekte, die ausschließlich der wissenschaftlichen Forschung dienen. 1968 fliegt mit »ESRO II« der erste Satellit der Organisation ins All. 1972 sind es bereits sieben Satelliten, die für ESRO Daten sammeln – zum Beispiel über das Polarlicht.

Politik

Neuer Präsident des Europaparlaments ist Jean Duvieusart. Das Europaparlament wird noch nicht gewählt, sondern seit 1959 von den nationalen Parlamenten beschickt. Erst 1979 findet in Europa die erste freie Wahl der, allerdings relativ machtlosen, Abgeordneten statt.

Wetter

Sehr kalt bleibt es im März 1964 mit einem Monatsdurchschnitt von nur 0,4 °C. Dabei scheint die Sonne 119 Stunden, doch fällt der Niederschlag von 38 mm fast durchweg als Schnee.

Sonntag 21. März

Politik

Die amerikanische Bürgerrechtsbewegung wird in Alabama aktiv. Unter Führung von Martin Luther King beginnt ein Protestmarsch nach Montgomery, der Hauptstadt des Bundesstaates im Süden der USA. Dort residiert Gouverneur Wallace, der mit juristischen Tricks und notfalls auch mit nackter Gewalt die farbigen Bürger an der Ausübung ihres Wahlrechts und der freien Schulwahl hindert. Die Rassentrennung und die diskriminierenden Gesetze in den USA werden im Laufe der 60er Jahre aufgehoben.

Kurzer Mantel mit Schlaghose: Auch in die Männermode kommt Bewegung

Gesellschaft

Einmal mehr beweisen die Briten, daß sie auf alles wetten und auch alles versichern. Ab heute gibt es in Großbritannien die erste Versicherung gegen Lungenkrebs. Für 16,80 DM im Jahr werden im »Schadensfall« 5600 DM ausgezahlt.

Wetter

Wenig frühlingshaft gibt sich der März in diesem Jahr. Bei klammen 2,3 °C fällt mit 61 mm doppelt soviel Regen, wie der langjährige Mittelwert für diesen Monat erwarten läßt.

Montag 21. März

Technik

Zwei weitere Starfighter der Bundesluftwaffe zerschellen in der Nähe von Ingolstadt. Die Piloten können sich mit dem Schleudersitz retten. Der Kampfflieger entwickelt sich zum größten Flugzeugflop der Geschichte. Allein 1965 sind 26 der offenbar fehlkonstruierten Düsenflieger abgestürzt. Zeitweilig erhalten die Staffeln sogar Flugverbot. Bis zur Außerdienststellung der amerikanischen Konstruktion in den 90er Jahren verliert die Bundesluftwaffe 250 Maschinen.

Politik

Klare Worte zur NPD findet der bayerische SPD-Landtagsabgeordnete Essl. Er vergleicht sie unmittelbar mit der Hitlerpartei NSDAP. Die NPD befindet sich zur Zeit beängstigend im Aufwind. Bei den Landtagswahlen in Hessen und Bayern im November liegt sie jeweils über 7 %. Der Spuk endet zu Beginn der 70er Jahre. Erst in den 80ern verzeichnen die Rechten NPD, »Reps« und die DVU wieder Gewinne.

Wetter

Feucht gestaltet sich der Frühlingsstart im März 1966. Mit 87 mm liegt die Niederschlagsmenge wesentlich höher als im langjährigen Mittel (31 mm).

1967

Dienstag 21. März

Politik

Eine Zeit der Unruhe beginnt in Sierra Leone mit dem Putsch rechtsgerichteter Militärs. Sie wollen den Amtsantritt des frei gewählten, relativ linken Regierungschefs Stevens verhindern. Bis 1968 folgt nun Putsch auf Putsch, weil sich der Generalstab offenbar nicht auf einen Machthaber einigen kann. Vorbildhaft für andere Regime beenden einfache Soldaten und Unteroffiziere dem Machtkampf ein Ende und berufen Stevens an die Staatsspitze. Er regiert – allerdings auch zunehmend autoritär – bis 1985.

Gesellschaft

Ein Porzellanschälchen von nur 14 cm Durchmesser kommt beim Auktionshaus Sotheby in London für 184 800 DM unter den Hammer. Das Gefäß stammt aus der Zeit der chinesischen Ming-Dynastie, eine Hochzeit der Kultur von 1368–1644.

Rekorde in den 60er Jahren

Stabhochsprung: Brian Sternberg (USA) – 5,00 m (1963)
Hochsprung: V. Brumel (URS) – 2,28 m (1963)
Weitsprung: Bob Beamon (USA) – 8,90 m (1968)
100 m: Jim Hines (USA) – 9,9 sec (1968)

Wetter

Die berühmten Tiefausläufer vom Atlantik bescheren einen mit 6,3 °C zwar warmen, aber auch wolkenreichen März 1967.

Donnerstag 21. März

Technik

Eine neue Dimension im Tankerbau erschließt die »Bulford«. Das Schiff läuft im japanischen Hafen Nagasaki vom Stapel und ist mit 276 000 Bruttoregistertonnen der größte Tanker der Welt. Der steigende Energie- und Erdölbedarf führt zu immer neuen Riesenschiffen. Obwohl es im Moment noch für unmöglich gehalten wird, kommen 1973 die ersten Halbmillionentonner auf die Weltmeere. Mit den Giganten steigt aber auch die Gefahr von Umweltkatastrophen. Als 1989 die »Exxon Valdez« havariert, hat Alaska in gewisser Weise noch Glück: Sie ist mit 200 000 BRT ein noch recht kleiner Tanker.

Gesellschaft

Gewissenlose Quacksalber überführt die Gemeinde Bad Reichenhall. Sie schließt eine angebliche Krebsklinik im Ort. Dort haben zwei Bulgaren ihr »Wundermittel« CH 23 eingesetzt. Es ist völlig wirkungslos, dafür aber um so teurer.

Wetter

Frühlingshafte 5 °C vertreiben im März 1968 die Gedanken an den Winter. Die Sonnenscheindauer bleibt mit 143 Stunden knapp unter dem langjährigen Mittel von 151 Stunden.

Freitag 21. März

Politik

Der Ausnahmezustand in Spanien soll laut Diktator Franco bereits am 24. März enden. Er ist im Januar verhängt worden, weil im Lande die Demonstrationen gegen den autoritären Staatschef zugenommen haben. Franco herrscht seit seinem Sieg im Bürgerkrieg 1939. Langsam aber sicher bildet sich eine Oppositionsfront gegen den Diktator. Erst nach seinem Tod 1975 beginnen aber wieder demokratische Zeiten in Spanien.

Politik

Nebenjobs müssen Regierungsmitglieder in Schleswig-Holstein laut Verfassung dem Parlament melden. Wirtschaftsminister Knud Knudsen von der CDU hat das nicht getan und muß gehen. Er hat gewissermaßen »schwarz« als Gesellschafter einer Reederei gewirkt.

Preise in den 60er Jahren

1 kg Butter	7,58
1 kg Mehl	1,06
1 kg Fleisch	7,91
1 l Vollmilch	0,50
1 Ei	0,21
10 kg Kartoffeln	2,88
1 kg Kaffee	16,61
Stundenlohn	4,15

in DM, Stand 1964

Wetter

Der Winter beherrscht den März 1969. Temperaturen um den Gefrierpunkt und außergewöhnlich hohe Niederschläge von 51 mm (normal sind 31 mm) lassen Frühlingsgefühle nicht aufkommen.

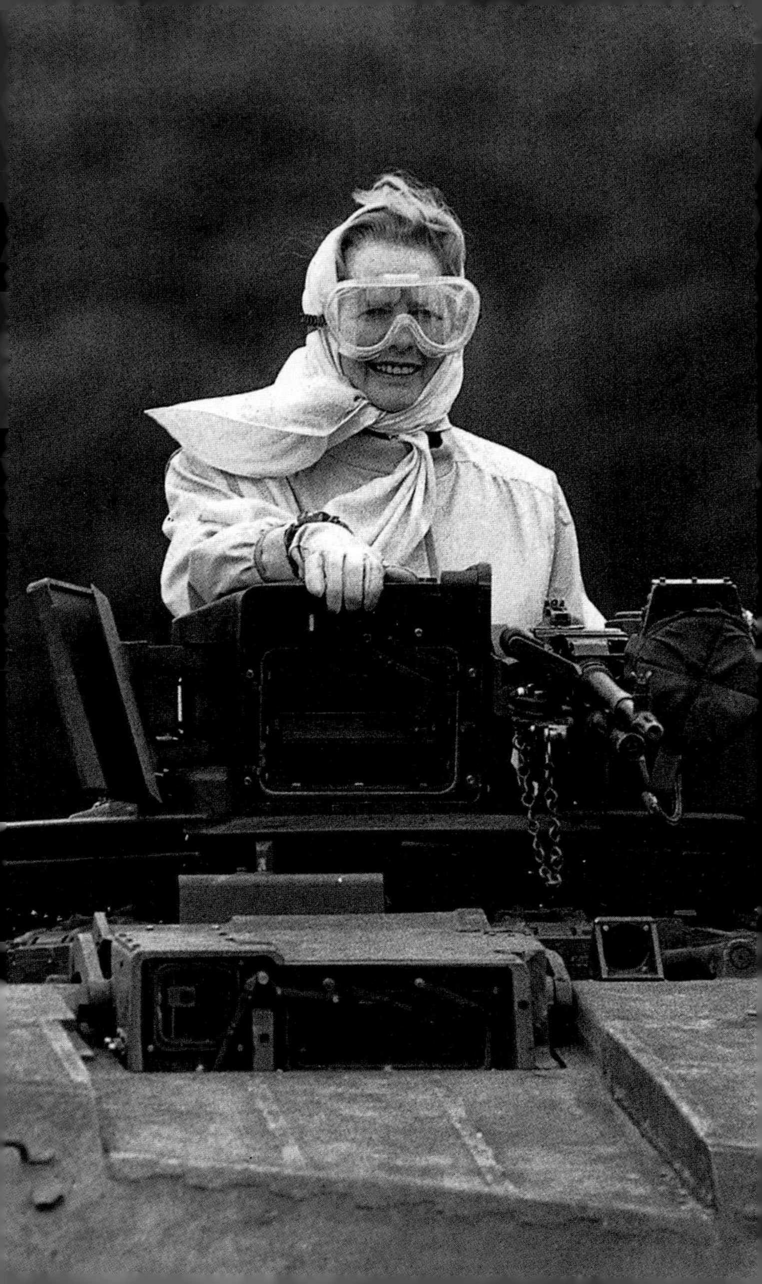

Highlights des Jahrzehnts

1970

- Neue deutsche Ostpolitik: Moskauer und Warschauer Vertrag
- Vietnamkrieg weitet sich auf Kambodscha aus
- Einstellung des Contergan-Prozesses

1971

- Einführung des Frauenwahlrechts in der Schweiz
- Friedensnobelpreis für Willy Brandt
- Hot pants – Modeschlager der Saison
- Kinohit »Love Story« rührt Millionen Zuschauer zu Tränen

1972

- Unterzeichnung des Rüstungskontrollabkommens SALT I
- Verhaftung von Baader-Meinhof-Terroristen
- Überfall palästinensischer Terroristen auf die israelische Mannschaft bei den Olympischen Spielen in München
- Unterzeichnung des Grundvertrages zwischen Bundesrepublik und DDR

1973

- Aufnahme beider deutscher Staaten in die UNO
- USA ziehen ihre Truppen aus Vietnam zurück
- Jom-Kippur-Krieg in Nahost
- Ölkrise: Sonntagsfahrverbot auf bundesdeutschen Straßen

1974

- Guillaume-Affäre stürzt Willy Brandt, neuer Bundeskanzler wird Helmut Schmidt
- Watergate-Affäre zwingt US-Präsident Nixon zum Rücktritt
- Deutschland wird Fußballweltmeister
- »Nelkenrevolution« in Portugal

1975

- Beginn des Bürgerkriegs im Libanon
- Unterzeichnung der KSZE-Schlußakte in Helsinki
- Spanien: Tod Francos und demokratische Reformen unter König Juan Carlos I.
- Einweihung des 3 km langen Elbtunnels in Hamburg
- Volljährigkeit von 21 auf 18 Jahre herabgesetzt

1976

- Umweltkatastrophe in Seveso
- Anschnallpflicht für Autofahrer
- Traumhochzeit des Jahres: Karl XVI. Gustav von Schweden heiratet die Deutsche Silvia Sommerlath

1977

- Entführung und Ermordung des Arbeitgeberpräsidenten Hanns Martin Schleyer
- Emanzipationswelle: Frauenzeitschrift »Emma« erscheint

1978

- Friedensverhandlungen zwischen Israel und Ägypten in Camp David
- In England kommt das erste Retortenbaby zur Welt

1979

- Überfall der Sowjetunion auf Afghanistan
- Schiitenführer Khomeini proklamiert im Iran die Islamische Republik
- Sandinistische Revolution beendet Somoza-Diktatur in Nicaragua

◀ **»Eiserne Lady« Margaret Thatcher, ab 1979 britische Premierministerin**

Samstag 21. März

Politik

Das Tor zur Entspannung steht mit Abschluß der ersten Gesprächsrunde von Egon Bahr in Moskau weit offen. Der Staatssekretär im Bundeskanzleramt hat die Grundlagen für den »Moskauer Vertrag« klargemacht, der im August unterzeichnet wird. Die sozialliberale Koalition unter Bundeskanzler Brandt erklärt erstmals den Verzicht auf die nach dem Zweiten Weltkrieg an Polen verlorenen Ostgebiete. BRD und UdSSR verpflichten sich, bei Streitigkeiten keine Gewalt anzuwenden. Weitere Verträge mit Polen, der Tschechoslowakei und schließlich der DDR folgen. Sie leiten eine neue Ära der Ost-West-Beziehungen ein.

Kultur

Nur Platz drei erreicht Katja Epstein beim Grand Prix Eurovision de la Chanson mit ihrem Lied »Wunder gibt es immer wieder«. Siegerin ist die Irin Dana mit »All Kinds Of Everything«. Seit 1956 wird der europäische Gesangswettbewerb populärer Musik alljährlich veranstaltet.

Wetter

Kalt verläuft der März 1970. 70 mm Niederschlag (Mittelwert 31 mm) bei nur 127 Sonnenstunden (Mittelwert 151) drücken die Temperatur auf 1,4 °C.

Sonntag 21. März

Politik

Mit genau 50% verteidigt Helmut Kohl die CDU-Herrschaft in Rheinland-Pfalz. Die CDU ist seit 1947 stärkste Partei in diesem Bundesland, Kohl seit 1969 Ministerpräsident. Kohls weiterer Aufstieg beginnt nun langsam, aber stetig. 1973 übernimmt er die Führung der Bundes-CDU. Ein erster Anlauf zur Kanzlerschaft scheitert 1976. Kohl legt das Ministerpräsidentenamt in Rheinland-Pfalz nieder und geht als Oppositionschef nach Bonn. 1982 wird er Bundeskanzler.

Stars der 70er Jahre

Robert de Niro
Filmschauspieler
Jane Fonda
Filmschauspielerin
Woody Allen
Filmregisseur
Steven Spielberg
Filmregisseur
Muhammad Ali
Boxer

Kultur

Zum 100. Geburtsjahr des Deutschen Reiches eröffnet in Westberlin die Ausstellung »1871 – Fragen an die deutsche Geschichte«. Der Weg von Bismarck über Kaiser Wilhelm II., Friedrich Ebert, Hindenburg und Hitler bis zur Ära Adenauer und der deutschen Teilung wird dargestellt.

Wetter

Wie im Vorjahr verweigert auch der März 1971 den Frühlingsbeginn mit zu kühlen 2,2 °C.

Dienstag 21. März

Politik

Auch noch Vizekönig ist seit heute der griechische Diktator Papadopulos. Er herrscht seit dem Putsch 1967 über das südeuropäische Land. König Konstantin II. hat die Militärherrschaft noch legalisiert, bevor er ins Exil gehen mußte. Seitdem hält das Amt des Vizekönigs die Illusion der Monarchie aufrecht. 1973 beendet Papadopulos diesen Schwebezustand, schafft die Monarchie ab und ruft die Republik aus. 1974/75 kehrten nach dem Sturz des Diktators wieder demokratische Verhältnisse ein.

Politik

Eindringlich fordert die US-Regierung China auf, keine weiteren oberirdischen Kernwaffenversuche mehr zu unternehmen. Die 13. Testexplosion in diesem Jahr liegt gerade drei Tage zurück. Durch die oberirdischen Tests der Sowjets und Amerikaner zwischen 1950 und 1962 hat sich die Radioaktivität in der Atmosphäre weltweit mindestens verdoppelt.

Wetter

Einen langen, kräftigen Winter beendet der März 1972. Das Quecksilber klettert unter dem Einfluß von 154 Sonnenscheinstunden auf 5,9 °C – zwei Grad über den langjährigen Mittelwert.

Mittwoch 21. März

Politik

Die Fristenlösung beim Schwangerschaftsabbruch will die Bundesregierung aus SPD und FDP durchsetzen. Nach dem heute vorgelegten Gesetzentwurf bliebe eine Abtreibung in den ersten drei Monaten einer Schwangerschaft straffrei. Nach erheblichen Auseinandersetzungen in Politik und Gesellschaft passiert das Gesetz 1974 den Bundestag. 1975 wird die Fristenlösung vom Bundesverfassungsgericht abgelehnt. Die sogenannte Indikationslösung tritt in Kraft; nach der deutschen Einigung beginnt die Diskussion erneut, weil in der DDR die Fristenlösung galt.

Preise in den 70er Jahren

1 kg Butter	8,36
1 kg Mehl	1,16
1 kg Fleisch	10,15
1 l Vollmilch	1,06
1 Ei	0,22
10 kg Kartoffeln	6,44
1 kg Zucker	1,65
Stundenlohn	10,40

in DM, Stand 1975

Technik

Die Kattwykbrücke bei Hamburg ist die größte Straßenhubbrücke der Welt. 54 m kann der mittlere Teil angehoben werden, um Schiffe durchzulassen.

Wetter

Naß präsentiert sich der März 1973. Bei einem Temperaturschnitt von 5,6 °C fallen mehr als doppelt so viele Niederschläge wie gewöhnlich.

Donnerstag 21. März

Gesellschaft

Die Ostverträge der Bonner Regierung, die die Beziehungen der BRD zu den Staaten des Warschauer Paktes erleichtert haben, beginnen sich auch ökonomisch auszuzahlen. Ein deutsches Firmenkonsortium unterzeichnet mit der UdSSR einen Vertrag über die Lieferung eines Stahlwerkes nach Kursk. Mit 4 Milliarden DM ist es der größte Bauauftrag, den die UdSSR jemals ins Ausland vergeben hat. Die Wirtschaft spricht euphorisch von einer »neuen Runde im Rußland-Geschäft«.

Gesellschaft

Die bundesdeutschen Krankenkassen müssen künftig für Empfängnisverhütung zahlen – jedenfalls für die Beratung verhütungswilliger Paare beim Arzt, für Sterilisationen und auch für legale Abtreibungen. Die Verhütungsmittel wie Pille, Kondom und Pessar gibt es aber auch weiterhin nicht auf Krankenschein.

Wetter

Einen herrlichen Vorfrühling bringt der März 1974. 173 Sonnenstunden treiben die Temperaturen auf einen Monatsschnitt von 6,3 °C. Mit 12 mm Niederschlag fällt nur ungefähr ein Drittel der langjährigen Durchschnittsmenge.

Freitag 21. März

Gesellschaft

Eine kleine Sensation im AKW-Streit um den Reaktor bei Wyhl wird publik. Das Verwaltungsgericht Freiburg stoppt die Bauarbeiten. Seit 1974 ist Wyhl Ort ständiger Proteste von Gegnern der Atomkraft. Die Gerichtsentscheidung der Freiburger wird aber bereits im Oktober aufgehoben. Der Ausbau des westdeutschen Atomkraftwerke-Netzes hat seit dem Ölschock 1973, als die arabischen Staaten den Ölhahn zudrehten, höchste Priorität.

Politik

Nach 3000 Jahren endet in Äthiopien offiziell die Zeit der Monarchie. Die neuen Machthaber, die im September 1974 Kaiser Haile Selassie stürzten, rufen den Sozialismus aus. Das alte Kaiserreich in Afrika führt seine Geschichte auf die Verbindung von König Salomo mit der Königin von Saba zurück.

Rekorde in den 70er Jahren

100 m: Marlies Göhr (GDR) – 10,88 sec (1977)
Hochsprung: Rosemarie Ackermann (GDR) – 2,00 m (1977)
Weitsprung: Vilma Bardauskiene (URS) – 7,09 m (1978)
800 m: S. Coe (GBR) – 1:42,4 min (1979)

Wetter

Wenig spektakulär verläuft der März 1975. Mit 4,4 °C ist es um 0,5 Grad wärmer als normalerweise, obwohl die Sonne nur 131 Stunden scheint.

Sonntag 21. März

Politik

Eine Revolution steht in der Schweiz bevor: Die Bewohner der Region Nordjura wählen eine Verfassunggebende Versammlung. Sie gehören zum Kanton Bern, wollen sich aber baldmöglichst abspalten und einen eigenen Kanton gründen. Diesen Plan genehmigt eine Volksabstimmung in der ganzen Schweiz 1978. Der Kanton Jura tritt 1979 ins Leben. Es ist die erste territoriale Veränderung seit Gründung des eidgenössischen Bundes 1848.

Ausgestellte Hosen und viel Schmuck trägt die moderne Frau in den 70er Jahren

Politik

Ohne Ausschreitungen geht in Polen die Wahl zum Parlament, dem Sejm, über die Bühne. Polen ist zur Zeit das instabilste Land im Ostblock. 1980 entsteht die freie Gewerkschaft Solidarność, gegen die 1981 das Kriegsrecht verhängt wird.

Wetter

Viele wolkenverhangene Tage trüben im März 1976 die Stimmung. Mit 116 Sonnenstunden liegt der Monat fast ein Drittel unter dem Durchschnitt. Das Thermometer bleibt bei 1,3 °C stehen; der langjährige Mittelwert liegt bei 3,9 °C.

Montag 21. März

Politik

Indiens Ministerpräsidentin Indira Gandhi tritt nach der gestrigen verheerenden Wahlniederlage ihrer Kongreßpartei zurück. Neuer Ministerpräsident wird Morarji Desai, der mit seiner Janatapartei die absolute Mehrheit der Parlamentssitze gewonnen hat. Indira Gandhi wird 1977 wegen Korruptionsvorwürfen verhaftet. Sie kann die Vorwürfe entkräften, begründet eine neue Kongreßpartei, mit der sie 1980 die Zweidrittelmehrheit gewinnt. 1984 wird die »Mutter Indiens« Opfer eines Attentats.

Voll im Zeitgeschmack: Der Midimantel mit aufgesetzten Taschen für kalte Winter

Politik

Ein Sicherheitsloch in der NATO kann die französische Spionageabwehr stopfen. Fünf Beamte werden wegen Spionage für die UdSSR verhaftet. Im Dezember fliegt eine Sekretärin im Verteidigungsministerium auf.

Wetter

»Schmuddelwetter« beherrscht den März 1977. Mit 81 Sonnenstunden bietet der Monat gerade die Hälfte des langjährigen Mittels.

Dienstag 21. März

Gesellschaft

Die größte Stadt der Welt ist nicht länger Tokio, sondern Mexico-City mit 12 Millionen Einwohnern. Die UNO meldet die Ablösung in der Rangliste. Tokio erhält seinen Rang aber wieder zurück. 1992 soll die Einwohnerzahl bei 25,8 Millionen Menschen liegen. Auf Platz zwei liegt dann São Paulo mit 19,2 Millionen. Alle diese Städte haben mit ihren Menschenmassen enorme Probleme; Dauer-Smog, Slums und Kriminalität nehmen den Metropolen den Glanz.

Politik

Das rhodesische Apartheidsregime beginnt zu zerfallen: Eine gemischtrassische Übergangsregierung nimmt ihre Arbeit auf. 1965 hat sich das afrikanische Land unter einer rein weißen Führung von der Kolonialmacht Großbritannien losgesagt. Seitdem steht Rhodesien unter schwerem Druck von außen und innen. Im Oktober werden die Rassentrennungsgesetze aufgehoben. Nach freien Wahlen 1980 wird aus Rhodesien Simbabwe.

Wetter

Viel Regen gibt es im März 1978. 62 mm Niederschläge sorgen für reichlich Feuchtigkeit in der durchschnittlich 5,7 °C warmen Luft.

Mittwoch 21. März

Politik

Kurzregierung in Italien: Genau zehn Tage hält sich das heute gebildete Kabinett des christdemokratischen Ministerpräsidenten Andreotti. Am 31. März stimmen die Kommunisten gegen die Regierung. Die neuerliche Regierungskrise in Italien ist das Resultat der Konflikte zwischen Kommunisten und Christdemokraten. KP-Chef Berlinguer hat im Januar seine indirekte Unterstützung der Christdemokraten im Parlament generell aufgekündigt und will direkt an der Regierung beteiligt werden. Er nennt diese Linie »historischen Kompromiß«. Kommunisten und Christdemokraten sind seit 1945 starke Parteien in Italien, doch verweigern die Christdemokraten jedwede direkte Koalition mit den Kommunisten – auch wenn diese mittlerweile eher Sozialdemokraten sind. Erst nach dem Zusammenbruch des klassischen Parteiensystems durch die Korruptionsprozesse ab 1992 kommt es 1996 zum »historischen Kompromiß«.

Mit einem Doppeldeckerflug gedenken Paris und Brüssel der Inbetriebnahme der ersten internationalen Flugstrecke vor 60 Jahren. In fast drei Stunden konnte man damals für 365 Franc von Paris nach Brüssel fliegen.

Wetter

Der März 1979 ist mit 3,3 °C etwas zu kalt bei 89 Sonnenstunden (normal sind 151).

Montag 21. März

Politik

Erleichterung in Bonn: Franz Josef Strauß verzichtet auf ein Ministeramt in der christlichliberalen Koalition. Am 6. März haben die Wähler die von Kanzler Kohl proklamierte geistig-moralische Wende durch ihren Stimmzettel gutgeheißen. Die Union und die Liberalen haben eine bequeme und für die Opposition niederschmetternde Mehrheit erhalten. Bereits seit 1982 ist Kohl Regierungschef: Die FDP wechselte von der SPD zur CDU/CSU und machte ihn im Parlament zum Bundeskanzler. Sofort meldete sich CSU-Chef Strauß, der bekannt für seine Hoffnungen auf das Außenministerium ist. Das ist aber fest in der Hand von FDP-Chef Genscher. Überhaupt droht die Koalition, bevor sie richtig arbeitet, am Hickhack zwischen Christlichsozialen und Liberalen zu zerbrechen. Am 29. März ist das Gerangel endgültig vorüber: Das Kabinett steht.

Preise in den 80er Jahren

1 kg Butter	9,44
1 kg Mehl	1,36
1 kg Fleisch	11,83
1 l Vollmilch	1,22
1 Ei	0,26
10 kg Kartoffeln	8,84
1 kg Zucker	1,94
Stundenlohn	17,23

in DM, Stand 1985

Wetter

Feuchtes Wetter bringt der März 1983. Mit 5,4 °C liegt die Durchschnittstemperatur über dem langjährigen Mittel (3,9 °C).

Mittwoch 21. März

Politik

Die Beziehungen zwischen China und den USA entwickeln sich prächtig. US-Finanzminister Regan kann heute ein Abkommen schnüren, das den Handel abermals enorm ausdehnt. China beginnt langsam aber sicher mit dem, was später »sozialistische Marktwirtschaft« genannt wird. In einzelnen Zonen des Landes kann freier gewirtschaftet werden; Eigeninitiative ist wieder gefragt. In den 90er Jahren verzeichnet das Land Wachstumsraten von ständig über 10% und ist nach den USA die größte Volkswirtschaft der Welt.

Politik

Beim Staatsbesuch von Frankreichs Präsident Mitterrand in den USA geht es auch um Abrüstungsfragen. Frankreich will nicht, daß seine Atomwaffen Gegenstand der Verhandlungen zwischen UdSSR und USA sind. Beide Großmächte streiten derzeit um das atomare Gleichgewicht auf dem Mittelstreckensektor in Europa. Die Amerikaner rüsten seit 1983 Raketen nach.

Wetter

Ein normaler Wetterverlauf kennzeichnet den März 1984. Mit 2,9 °C ist es allerdings ein Grad kühler als gewöhnlich.

Donnerstag 21. März

Technik

Nordrhein-Westfalens Landesvater Johannes Rau weiht das Großklinikum Aachen ein. Die Errichtung des gigantischen Komplexes auf grüner Wiese hat 15 Jahre gedauert. Nun stehen 1500 Betten in einem zwar hypermodernen, aber auch sündhaft teuren Bau zur Verfügung. Ursprünglich auf 571 Mio. DM taxiert, beläuft sich die Schlußrechnung für das Klinikum auf 2,7 Mrd. DM.

Kultur

Den 300. Geburtstag von Bach feiern beide deutsche Staaten. In der DDR läuft das 5. Internationale Bachfest mit 66 Konzerten zum Werk des großen deutschen Komponisten. Bereits vor einigen Tagen strahlte das Westfernsehen »Bach nach acht« aus – eine sechsstündige Hommage mit Musik, Diskussion, Vortrag und Hintergrund zur Lebenszeit Bachs.

Vom Religionsunterricht dürfen sich Schüler befreien lassen, nicht aber von Sexualkunde. Der hessische Staatsgerichtshof weist eine entsprechende Klage ab, weil er weder Moral noch Gewissen berührt sieht.

Wetter

Enttäuschend wenig Sonne bringt der März 1985. Die 71 Sonnenstunden sind nicht einmal die Hälfte des langjährigen Mittelwertes (151).

Freitag 21. März

Politik

Auf Atomtests will Amerika nicht verzichten. Der sowjetische Staatsführer Gorbatschow hat einen einseitigen Stopp aller Atomtests für die UdSSR für 1986 verkündet, um ein Zeichen für die Abrüstung zu setzen. Beide Supermächte arbeiten an Verfahren, um gänzlich auf wirkliche Atomtests verzichten zu können. Sie sollen sich nur noch in der virtuellen Welt, im Computer, abspielen. 1995 beendet Präsident Clinton die Atomtests der USA. Bis dahin haben weltweit 2026 Explosionen stattgefunden.

Auffällig unauffällig: So stellt sich die lässige Frau der 80er ihre Mode zusammen

Politik

Empfänger von Sozial- und Unfallrenten bekommen nach dem heutigen Bundestagsbeschluß ab Juli 2,15 % mehr Geld. Außerdem kann das Erziehungsgeld für Kinder ab sofort in Härtefällen auch länger als 10 Monate gezahlt werden.

Wetter

Westwinde bringen Regen im März 1986. Mit 58 mm Niederschlag und nur 111 Sonnenstunden weichen beide Werte vom langjährigen Mittel für den Monat ab.

Samstag 21. März

Politik

Eine symbolische Geste ist der Besuch des südafrikanischen Erzbischofs Desmond Tutu beim Chef der südafrikanischen Freiheitsbewegung ANC, Oliver Tambo. Beide treffen sich erstmals im Nachbarland Sambia; der ANC ist im südafrikanischen Apartheidsstaat verboten. Noch immer wird die Befreiungsbewegung als kommunistisch verunglimpft. Der Besuch des Friedensnobelpreisträgers Tutu hebt das Prestige des ANC an.

Leger und bequem: Herrenmode im Oversize-Stil mit Jackenmantel

Politik

Soldaten des Tschad drängen libysche Einheiten zurück. Ende 1986 endete der Bürgerkrieg im Tschad durch Versöhnung. Die neue Regierung Habré bekämpft nun die seit 1975 in den Tschad eingedrungenen Libyer, die im Bürgerkrieg kräftig mitgemischt haben.

Wetter

Die Kältewelle des Winters 1987 setzt sich in den März hinein fort. Gerade einmal 0,4 °C weist der Temperaturschnitt des Monats auf.

Montag 21. März

Politik

Hilfe für Flüchtlinge aus Rumänien gewährt das kommunistische »Bruderland« Ungarn. Die Regierung in Budapest richtet einen Sonderfonds ein, der Ausländern die Ansiedlung in Ungarn erleichtern soll. Gemeint sind damit aber hauptsächlich Rumänen und Ungarnstämmige, die in Rumänien leben. Das dortige Regime von Ceauşescu, dem letzten Stalinisten Europas, wird immer brutaler. Weihnachten 1989 wird Ceauşescu gestürzt und sofort exekutiert.

Stars der 80er Jahre

Richard Gere
Filmschauspieler
Madonna
Sängerin
Harrison Ford
Filmschauspieler
Jodie Foster
Filmschauspielerin
Michael Jackson
Sänger

Politik

Noch fest im Sattel sitzt Präsident Arap Moi in Kenia. Seine Partei KANU gewinnt die Parlamentswahlen – was nicht verwundert, ist sie doch die einzig zugelassene. Erst 1992 muß Arap Moi nach 14 Jahren Alleinherrschaft auf Druck der westlichen Kreditgeber Oppositionsparteien zulassen.

Wetter

Verregnet und wolkig verweigert der März 1988 den Frühlingsbeginn bei Werten um 2,9 °C.

Dienstag 21. März

Politik

Eine halbe Million sowjetischer Soldaten werden laut Beschluß des Obersten Sowjets aus der Roten Armee ausscheiden. Der einseitige Abrüstungsschritt verdeutlicht, wie ernst es dem Reformer Gorbatschow mit der Abrüstung ist. Die extrem hohen Kosten für militärische Rüstung und den Unterhalt der Armee haben die UdSSR längst finanziell und produktionstechnisch ruiniert. In der Waffentechnologie weltweit mit an der Spitze, bewegt sich die restliche Industrie des riesigen Landes allenfalls auf dem Niveau der 30er Jahre.

Politik

Ärger gibt es bei der Alternativen Liste in Westberlin, jedenfalls an der Basis. Die Politiker der AL haben in ihrer Koalition mit der SPD acht besetzte Häuser räumen lassen. Die Hausbesetzerszene ist eine der Wurzeln der AL.

Einen Alptraum für Diätfanatiker konstruiert Gianni Mucignat im Wallenhorster Eiscafé Adria. Auf eine normale Eistüte schichtet er 539 Eiskugeln. Der süße Turm mißt 60 cm und wiegt »satte« 17 Kilo.

Wetter

Die Wärmeperiode der Vormonate hält im März 1989 an. 7,2 °C bedeuten eine positive Abweichung vom langjährigen Mittel um 3,3 °C.

1990–1996

Highlights des Jahrzehnts

1990

- Wiedervereinigung Deutschlands
- Südafrika: Nelson Mandela nach 27jähriger Haft freigelassen
- Irakische Truppen überfallen das Emirat Kuwait
- Gewerkschaftsführer Lech Walesa neuer polnischer Präsident
- Litauen erklärt Unabhängigkeit
- Deutsche Fußballnationalelf zum dritten Mal Weltmeister
- Star-Tenöre Carreras, Domingo und Pavarotti treten gemeinsam auf

1991

- Alliierte befreien Kuwait und beenden Golfkrieg
- Auflösung des Warschauer Pakts
- Bürgerkrieg in Jugoslawien
- Auflösung der Sowjetunion – Gründung der GUS
- Sensationeller archäologischer Fund: »Ötzi«
- Vertrag von Maastricht
- Sieben Oscars für Kevin Costners »Der mit dem Wolf tanzt«
- Bürgerkrieg in Somalia
- Frieden im Libanon

1992

- Abschaffung der Apartheid-Politik in Südafrika
- Entsendung von UNO-Blauhelmsoldaten nach Jugoslawien
- Tod des ehemaligen Bundeskanzlers Willy Brandt
- Bill Clinton zum 42. US-Präsidenten gewählt
- In Hamburg wird mit Maria Jepsen zum ersten Mal eine Frau Bischöfin
- Fertigstellung des Rhein-Main-Donau-Kanals

1993

- Teilung der ČSFR in die Tschechische und die Slowakische Republik
- Rechtsradikale Gewaltakte gegen Ausländer
- Gaza-Jericho-Abkommen zwischen Israel und der PLO
- Skandal um HIV-Blutplasma
- Einführung von fünfstelligen Postleitzahlen im Bundesgebiet
- Sexskandal um Pop-Star Michael Jackson

1994

- Nelson Mandela erster schwarzer Präsident Südafrikas
- Fertigstellung des Eurotunnels unter dem Ärmelkanal
- Über 900 Todesopfer beim Untergang der Fähre »Estonia«
- Abzug der letzten russischen Truppen aus Berlin
- Michael Schumacher erster deutscher Formel-1-Weltmeister

1995

- Weltweite Proteste gegen französische Atomversuche im Pazifik
- Giftgasanschlag in Tokio
- Einführung von Pflegeversicherung und Solidaritätszuschlag
- Verpackungskünstler Christo verhüllt den Berliner Reichstag
- Ermordung des israelischen Regierungschefs Yitzhak Rabin
- Friedensvertrag für Bosnien

1996

- Arafat gewinnt Wahlen in Palästina
- IRA kündigt Waffenstillstand auf
- 100 Jahre Olympia: Jubiläumsspiele der Superlative in Atlanta

◀ **Ein Platz für Tiere: Steven Spielbergs Kassenschlager »Jurassic Park« 1993**

Mittwoch 21. März

Politik

Die Kolonialzeit in Afrika ist nun endgültig zu Ende. Als letzter Staat des Schwarzen Kontinents wird Namibia unabhängig. Das frühere Deutsch-Südwestafrika unterstand ab 1920 zunächst dem Völkerbund, dann ab 1945 der UNO. Die Verwaltung wurde von Südafrika wahrgenommen. 25 Jahre lang kämpfte die Untergrundorganisation SWAPO gegen die Herrschaft des Apartheidsstaates, 1989 gestand Südafrika Wahlen zu, die die Unabhängigkeit vorbereiteten.

Politik

Mit 85 Jahren legt Deng Xiao-ping sein letztes offizielles Amt in der Volksrepublik China nieder. Bisher war er noch Vorsitzender des Militärkomitees, das mit der meisten Macht verbundene Amt. Sein Nachfolger ist Jiang Zemin. Der betagte Kettenraucher Deng zieht aber hinter den Kulissen weiter die Fäden.

Preise in den 90er Jahren

1 kg Butter	8,20
1 kg Mehl	1,21
1 kg Fleisch	12,85
1 l Vollmilch	1,33
1 Ei	0,27
10 kg Kartoffeln	10,30
1 kg Zucker	1,92
Stundenlohn	24,91

in DM, Stand 1993

Wetter

Weniger Sonne als gewöhnlich bietet der März in diesem Jahr mit seinen 115 Stunden Sonnenschein.

Donnerstag 21. März

Technik

Der schnelle Brüter bleibt kalt: Bundesforschungsminister Riesenhuber gibt bekannt, daß der Brutreaktor in Kalkar aufgegeben wird. Sicherheitsbedenken und »mangelnder Strombedarf« werden als Grund angegeben. Der Berechnungsflop und die wahrlich nicht neuen Sicherheitslücken des Brutreaktor-Konzepts haben die Steuerzahler in den letzten 18 Jahren 7 Mrd. DM gekostet. Aus der Anlage soll nun ein riesiger Vergnügungspark werden.

Gesellschaft

In schwere Gewissensnot bringt eine Zeugin Jehovas im englischen Devon das Krankenhauspersonal. Sie bringt gesunde Zwillinge zur Welt, verweigert aber – gemäß ihrer Glaubensgrundsätze – eine dringend notwendige Bluttransfusion. Sie stirbt nach wenigen Stunden.

Rekorde in den 90er Jahren

Weitsprung: Mike Powell (USA) – 8,95 m (1991)
110 m Hürden: Colin Jackson (USA) – 12,91 sec (1993)
Skifliegen: E. Bredesen (NOR) – 209 m (1994)
Dreisprung: J. Edwards (GBR) – 18,29 m (1995)

Wetter

Nach einem milden Winter bringt der März 1991 rasch den Frühling. Die Temperaturen um 6,9 °C liegen drei Grad über dem langjährigen Mittel.

Samstag 21. März

Politik

Gegen die türkische Unterdrückungspolitik erheben sich im Osten und Südosten der Türkei erneut die Kurden. Die Demonstrationen und Unruhen lösen brutale Gegenmaßnahmen der Armee aus. Die Kurden werden massiv diskriminiert; Ankara unternimmt wirtschaftlich nichts für die kurdischen Provinzen. Bei der Berufswahl sind Kurden ebenso benachteiligt wie in Ämterlaufbahnen. Ihre Sprache ist verboten. Ausländische Journalisten dürfen in Artikeln und Beiträgen das Wort »kurdisch« nicht benutzen. 1995 beginnt eine Großoffensive der türkischen Armee gegen die Kurden. Offiziell werden nur »Widerstandsnester« der linksextremen Befreiungsfront PKK bekämpft; tatsächlich aber greifen die Truppen fast wahllos Dörfer an und nehmen auch auf Frauen und Kinder keine Rücksicht.

Stars der 90er Jahre

Kevin Costner
Filmschauspieler
Julia Roberts
Filmschauspielerin
Whitney Houston
Sängerin
Michael Schumacher
Rennfahrer
Luciano Pavarotti
Sänger

Wetter

Mit gerade 103 Sonnenstunden enttäuscht der März 1992 und bleibt um fast ein Drittel hinter dem langjährigen Durchschnitt zurück.

Sonntag 21. März

Politik

Friedlich endet eine Geiselnahme in der nicaraguanischen Botschaft in Costa Rica. Weil ihnen die neue Regierung von Präsidentin Chamorro in Nicaragua noch immer zu links ist, haben ehemalige Contra-Rebellen aus Protest 13 Tage lang das Botschaftspersonal festgehalten. Möglicherweise wünschen sie sich Diktator Somoza zurück, den die linksgerichteten Sandinisten 1979 stürzten. Frau Chamorro löste die Sandinisten 1990 nach freien Wahlen ab. Die meisten Contras, die seit 1982 gegen die Sandinisten kämpften, waren mit Chamorro zufrieden und haben die Waffen niedergelegt.

Sport

Formel-1-Weltmeister Nigel Mansell gewinnt zum ersten Mal ein Rennen im Indy-Car Grand Prix. Nach 65 Runden auf den Straßen von Queensland/Australien bleibt sein Gefährt direkt hinter der Ziellinie ohne Sprit liegen.

Wetter

So normal ist das Wetter selten wie im März 1993. Die Regenmenge von 35 mm, die 145 Sonnenstunden und die 4,5 °C Durchschnittstemperatur entsprechen jeweils fast den langjährigen Mittelwerten für den Monat.

Montag 21. März

Politik

Ukraine und USA einigen sich auf ein Abkommen über den Abbau der Atomstreitmacht in dem Nachfolgestaat der Sowjetunion. Mit 435 Mio. DM unterstützen die USA die Vernichtung der nuklearen Waffensysteme. Ein ähnliches Abkommen kommt auch mit Weißrußland zustande. Einzige Atommacht unter den Nachfahren der UdSSR ist Rußland. Nach dem Zusammenbruch der UdSSR und ihrer Atomindustrie entsteht ein außerordentlich gefährlicher Schwarzer Markt für atomare Produkte.

Krawatte ist kein Muß mehr: Anzug mit zweireihigem Sakko

Politik

Militärexporte der USA dürfen ab sofort auch nach Estland, Litauen und Lettland sowie nach Albanien, Rumänien und Bulgarien gehen. Diese Staaten standen bislang wegen ihrer kommunistischen Vergangenheit auf dem Index der US-Rüstungsindustrie.

Wetter

Reichlich Regen beschert der März 1994. Mit 95 mm Niederschlägen fällt mehr als das Dreifache der gewöhnlichen Menge.

Dienstag 21. März

Gesellschaft

Für die heißen Sommer der 90er Jahre: Kleid mit Bustieroberteil

Für den Giftgasanschlag in der U-Bahn von Tokio, der gestern zwölf Menschenleben forderte, soll die Aum-Sekte verantwortlich sein. Die Polizei bereitet eine Durchsuchung der 25 Büros der Sekte vor. Die 10 000 Mitglieder der Sekte sind ihrem Guru Asagara hörig. Er spricht vom Weltuntergang und will offensichtlich die öffentliche Ordnung in Japan treffen. Seine Motive bleiben unklar, auch als er am 16. Mai festgenommen wird. Die Giftgasattacke ist der erste Terroranschlag überhaupt, der sich gegen eine Stadt richtet.

Politik

Der Stabilitätspakt der OSZE verpflichtet die 53 Mitgliedsstaaten, Minderheitenprobleme und Grenzfragen gemeinsam zu lösen. Die OSZE ist die Nachfolgeorganisation der berühmten KSZE aus der Entspannungszeit des kalten Krieges.

Wetter

54 mm Niederschlag überbieten das langjährige Mittel für den März um über 40 %.

Donnerstag 21. März

Freitag 21. März

Montag 21. März

Hans-Dietrich Genscher

***21.3.1927 Reideburg bei Halle/Saale**

Gut zwei Jahrzehnte hat Genscher die deutsche Politik mitbestimmt. Von 1974 bis 1992 war der Liberale Außenminister. Zusammen mit Bundeskanzler Kohl gilt er als Architekt der deutschen Einheit. Seine Reiselust hat ihn in aller Welt bekannt gemacht und ihm in Deutschland den Spitznamen »Genschman« eingebracht – nur übernatürliche Kraftreserven können ein solches Arbeitspensum ermöglichen. Bei den Journalisten ist er gefürchtet: »Einen Genscher machen« heißt, viele Worte machen, ohne eine Antwort zu geben.

Dienstag 21. März

Timothy Dalton

***21.3.1944 Colwyn Bay (Großbritannien)**

Ein schweres Erbe meisterte der walisische Schauspieler gut: Er wurde 1987 mit »Lizenz zum Töten« der vierte James Bond. Im Zeitalter von Aids mußte er aber auf die übliche Vielweiberei in der Rolle verzichten – vielleicht ein Grund, warum er die 007-Figur so zynisch anlegte. Ging die Sache mit Bond noch gut über die Filmbühne, folgte mit einer anderen »Erblast«-Rolle 1994 der Megaflop: In »Scarlett«, der Fortsetzung des legendären »Vom Winde verweht«, mimte Dalton den Rhett Butler. Doch niemand paßt in die Fußstapfen eines Clark Gable.

Dienstag 21. März

Roger Hodgson

***21.3.1950 Portsmouth (Großbritannien)**

Zusammen mit Rick Davies ist der Gitarrist und Sänger Hodgson der einzige, der seit der Gründung von »Supertramp« 1969 dabei war und dabei blieb. Der Durchbruch für die Gruppe ließ auf sich warten, so daß der Millionär und Mäzen Miesegaes den Geldhahn zudrehte. Dann kam 1974 mit »Crime Of The Century« der große Erfolg, der mit den Folgeplatten »Even In The Quietest Moments« und »Breakfast in America« anhielt. 1982 nahm Hodgson mit »Famous Last Words« seinen Abschied von »Supertramp«.

Montag 21. März

Ayrton Senna

***21.3.1960 São Paulo**

Der Formel-1-Rennfahrer war in Brasilien ein Nationalheld. 1988, 1990 und 1991 gewann er die Weltmeisterschaft und galt Anfang der 90er Jahre als begnadetster unter den Piloten der Formel 1. Das Verhältnis zu seinem größten Konkurrenten Prost war dabei alles andere als entspannt. Senna rammte ihn 1990 einmal sogar absichtlich. Am 1. Mai 1994 verunglückte Senna auf der Strecke von Imola tödlich, als er mit über 300 km/h in die Leitplanke raste. In Brasilien wurde Staatstrauer angeordnet: Millionen gaben ihm das letzte Geleit.

Dienstag 21. März

Lothar Matthäus

***21.3.1961 Erlangen**

Mittelfeldspezialist Matthäus wurde von 1985 bis 1987 mit Bayern München Deutscher Meister und gewann 1987 den DFB-Pokal. Als ihn Inter Mailand 1988 für 7,45 Millionen DM ablöste, gewann der Verein prompt den italienischen Titel. Die Krönung für den Kapitän der deutschen Nationalmannschaft kam 1990, als die BRD den Weltmeistertitel holte. Als erster Deutscher überhaupt wurde Matthäus im selben Jahr auch noch zum Weltsportler des Jahres gewählt. Privat ist sein liebstes Hobby Wasserskifahren.

Impressum

Autor:	Michael Venhoff, Sonsbeck-Labbeck
Redaktion:	Manfred Brocks, Dortmund
Bildredaktion:	Sonja Rudowicz
Umschlaggestaltung und Layout:	Pro Design, München
Satz:	Böcking & Sander, Bochum
Druck:	Brepols, Turnhout

Abbildungsnachweis: Cinetext, Frankfurt a.M.: 118; dpa, Frankfurt a.M.: 130; Public Address, Hamburg: 132; Sven Simon, Essen: 128; Sipa Press, Paris: 129; Werek, München: 131.
Modefotos 1900-30er Jahre, Damenmode 40er Jahre, Damenmode 50er Jahre: Bertelsmann Lexikon Verlag, Gütersloh; Modefotos Herrenmode 40er Jahre, Herrenmode 50er Jahre, 60er-90er Jahre: Prof. Dr. Ingrid Loschek, Boxford.
Alle übrigen Abbildungen: Bettmann Archive/UPI/Reuters/John Springer Coll., New York.

Trotz größter Sorgfalt konnten die Urheber des Bildmaterials nicht in allen Fällen ermittelt werden. Wir bitten gegebenenfalls um Mitteilung.

ISBN 3-577-30321-2

Bücher
aus dem
Chronik Verlag
sind immer
ein persönliches
Geschenk

Vom 1. Januar bis zum 31. Dezember

Individuelle Bücher – für jeden Tag des Jahres eines. Mit allen wichtigen Ereignissen, die sich genau an diesem besonderen Tag während der Jahre unseres Jahrhunderts zugetragen haben. Doch trotz all der großen Ereignisse des Weltgeschehens – es gibt immer auch persönlich wichtige Daten für jeden einzelnen Menschen, sei es ein Geburtstag, Hochzeitstag, Erinnerungstag oder der Tag, an dem eine entscheidende Prüfung bestanden wurde. So wird aus einem Tag im Spiegel des Jahrhunderts zugleich auch ein »persönlicher« Tag. Und endlich gibt es für all diese Anlässe das richtige Buch, das passende Geschenk!

Persönliches Horoskop

Was sagen die Sterne zu den jeweiligen Tagen? Außerdem erfahren Sie, welche bekannten Menschen unter dem gleichen Sternzeichen geboren wurden.

CHRONIK-BIBLIOTHEK DES 20. JAHRHUNDERTS

Von 1900 bis zur Gegenwart

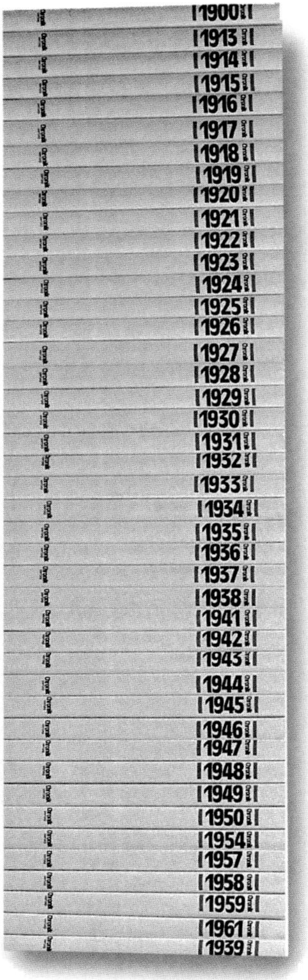

Die »Chronik-Bibliothek« ist die umfassende Dokumentation unseres Jahrhunderts. Für jedes Jahr gibt es einen eigenen, umfangreichen und zahlreich – überwiegend farbig – bebilderten Band. Tag für Tag wird dabei das Weltgeschehen in Wort und Bild nachgezeichnet – jetzt lückenlos bis an die Gegenwart. Sie können das jeweilige Jahr in chronologischer Folge an sich vorüberziehen lassen, aber die »Chronik« auch als Nachschlagewerk oder als Lesebuch benutzen. Ein prachtvolles Geschenk – nicht nur für Jubilare. Und wer die »Chronik-Bibliothek« sammelt, erhält ein Dokumentationssystem, wie es in dieser Dichte und Genauigkeit sonst nicht zu haben ist.

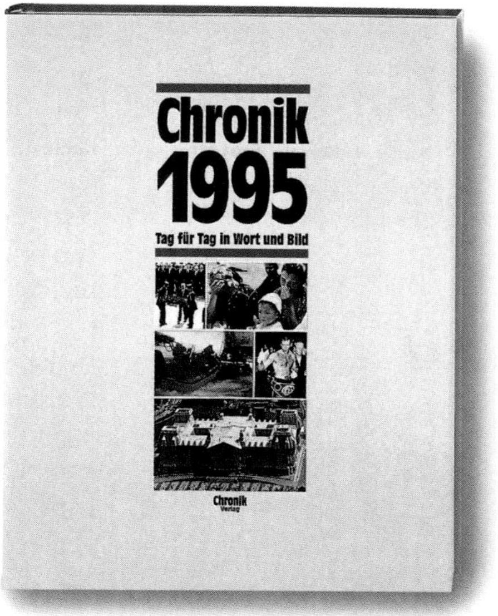
Chronik
1995
Tag für Tag in Wort und Bild
Chronik
Verlag